JOSÉ SARAMAGO

Casi un objeto

punto de lectura

Título: Casi un objeto
Título original: *Objecto Quase*
© 1983, José Saramago y Editorial Caminho, S.A., Lisboa
Con autorización de Dr. Ray-Güde Mertin, Literarische Agentur,
    Bad Homburg, Alemania
© Traducción: Eduardo Naval
© Santillana Ediciones Generales, S.L.
© De esta edición: septiembre 2006, Punto de Lectura, S.L.
Torrelaguna, 60. 28043 Madrid (España)   www.puntodelectura.com

ISBN: 84-663-1900-X
Depósito legal: B-34.259-2006
Impreso en España – Printed in Spain

Diseño e ilustración de cubierta: © Manuel Estrada
Fotografía de autor: © Carmelo Rubio
Diseño de colección: Punto de Lectura

Impreso por Litografía Rosés, S.A.

JOSÉ SARAMAGO

Casi un objeto

Traducción de Eduardo Naval

*Si el hombre es formado por las circunstan-
cias, entonces es necesario formar las circunstancias humanamente.*

K. MARX y F. ENGELS,
La sagrada familia

La silla empezó a caer, a venirse abajo, a inclinarse, pero no, en el rigor del término, a desatarse. En sentido estricto, desatar significa quitar las sujeciones. Bien, de una silla no se dirá que tiene sujeciones, y, si las tuviera, por ejemplo, unos apoyos laterales para los brazos, se diría que están cayendo los brazos de la silla y no que se desatan. Pero es verdad que se desatan lluvias, digo también, o recuerdo más bien, para que no me suceda caer en mis propias trampas: así, si se desatan chaparrones, que es apenas un modo diferente de decir lo mismo, ¿no podrían, en resumen, desatarse sillas, incluso no teniendo sujeciones? ¿Al menos como libertad poética? ¿Al menos por el sencillo artificio de un hablar que se proclama estilo? Acéptese entonces que se desaten sillas, aunque sea preferible que se limiten a caer, a inclinarse, a venirse abajo. Sea desatado, sí, quien en esta silla se sentó, o ya no está sentado, sino cayendo, como es el caso, y el estilo aprovechará la variedad de las palabras que, finalmente, nunca dicen lo mismo, por más que se quiera. Si dijesen lo mismo, si los grupos se juntasen por homología, entonces la vida podría ser mucho más simple, por vía de reducción sucesiva, hasta la incluso tampoco simple onomatopeya y, siguiendo por ahí adelante, probablemente hasta el silencio, al que llamaríamos sinónimo general u omnivalente. No es siquiera onomatopeya, o no se puede formar a partir de este sonido articulado (que no tiene la voz humana sonidos puros y por lo tanto inarticulados, a no ser quizá en el canto e, incluso así, convendría oírlo más de cerca), formado en la garganta del desplomante o cayente, aunque no estrella, palabras ambas de resonancia heráldica que designan ahora a aquel que se desata, pues no ha parecido correcto juntar a este verbo la desinencia paralela (ant) que completaría la elección y completaría el círculo. De esta manera queda probado que el mundo no es perfecto.

Sí se llamaría perfecta la silla que está cayendo. Sin embargo, cambian los tiempos, cambian las voluntades y las cualidades, lo que fue perfecto ha dejado de serlo, por razones en las que las voluntades no pueden, pero que no serían razones sin que los tiempos las trajesen. O el tiempo. Poco importa decir cuánto tiempo fue, como importa poco describir o simplemente enunciar el estilo de mobiliario que convertiría la silla, por obra de identificación, en miembro de una familia sin duda numerosa, tanto más que, como silla, pertenece, por naturaleza, a un simple subgrupo o ramo colateral, nada que se aproxime, en tamaño o función, a esos robustos patriarcas que son las mesas, los armarios, los aparadores o chineros o alacenas, o las camas, de las cuales, naturalmente, es mucho más difícil caer, si no imposible, pues es al levantarse de la cama cuando se parte una pierna o al echarse y resbalar en la alfombrilla, aunque partirse la pierna no sea precisamente el resultado de resbalarse en la alfombrilla. Ni creemos que importe decir de qué especie de madera está hecho mueble tan pequeño, que ya por su nombre parece destinado al fin de caer*, o será un timo de la estampita lingüístico ese latín *cadere*, si *cadere* es latín, aunque debería serlo. Cualquier árbol podrá haber servido, excepto el pino, por haber agotado sus virtudes en las naves de Indias y ser hoy ordinario, el cerezo por combarse fácilmente, la higuera por desgajarse a traición, sobre todo en días calientes y cuando a causa de los higos se va demasiado adelante por la rama; excepto estos árboles por los defectos que tienen y excepto otros por sus abundantes cualidades, como es el caso del palo de hierro, en el cual la carcoma no penetra, pero padece de demasiado peso para el volumen requerido. Otro que tampoco viene al caso es el ébano, precisamente porque es tan sólo un nombre diferente del palo de hierro, y ya se ha visto lo inconveniente de utilizar sinónimos o que supuestamente lo sean. Mucho menos en esta elucubración de cuestiones botánicas que no se preocupa de sinónimos, sino de verificar dos nombres diferentes que la gente ha dado a la misma cosa. Se puede apostar que el nombre de palo de hierro fue dado o pensado por aquel que tuvo que transportarlo a la espalda. Apuesta a lo seguro y ganas.

Si fuese de ébano, tendríamos probablemente que tildar de perfecta a la silla que está cayendo, y tildar o achacar se dice porque entonces no caería ella, o vendría a ser mucho más tarde, de aquí, por ejemplo, a un siglo, cuando ya no valiese la pena caer. Es posible que otra

---

* En portugués *silla* es *cadeira*. (N. del T.)

silla viniese a caer en su lugar, para poder dar la misma caída y el mismo resultado, pero eso sería contar otra historia, no la historia de lo que fue porque está aconteciendo, sí, tal vez, la de lo que viniese a suceder. Lo cierto es bastante mejor, sobre todo cuando se ha esperado mucho por lo dudoso.

Sin embargo, una cierta perfección habremos de reconocer en esta, finalmente, única silla que continúa cayendo. No fue construida a propósito para el cuerpo que en ella se ha venido a sentar desde hace muchos años, pero sí escogida a causa del diseño, por acertar o no contradecir en exceso con el resto de los muebles que están cerca o más lejos, por no ser de pino, o cerezo, o higuera, vistas las razones ya expuestas, y ser de madera habitualmente usada para muebles de calidad y para durar, verbi gratia, caoba. Es ésta una hipótesis que nos dispensa de ir más lejos en la averiguación, por lo demás no deliberada, de la madera que sirvió para de ella cortar, moldear, modelar, pegar, encajar, apretar y dejar secar la silla que está cayendo. Sea pues la caoba y no se hable más de este asunto. A no ser para añadir cuán agradable y reposante es, después de bien sentados, y si la silla tiene brazos, y es toda ella de caoba, sentir bajo las palmas de las manos aquella dura y misteriosa piel suave de la madera pulida y, si curvo el brazo, el carácter de hombro o rodilla o hueso ilíaco que esa curva tiene.

Desgraciadamente la caoba, verbi gratia, no resiste a la carcoma como resiste el antes mencionado ébano o palo de hierro. La prueba ha sido hecha por la experiencia de los pueblos y de los madereros, pero cualquiera de nosotros, animado por un espíritu científico suficiente, podrá hacer su propia demostración usando los dientes en una y en otra madera y juzgando la diferencia. Un canino normal, incluso nada preparado para una exhibición de fuerza dental circense, imprimirá en la caoba una excelente y visible marca. No lo hará en el ébano. Quod erat demonstrandum. Por ahí podremos estimar las dificultades de la carcoma.

No será hecha ninguna investigación policial, aunque éste fuese justamente el momento propicio, cuando la silla apenas se ha inclinado dos grados, puesto que, para decir toda la verdad, el desplazamiento brusco del centro de gravedad es irremediable, sobre todo porque no lo vino a compensar un reflejo instintivo y una fuerza que a él obedeciese; sería ahora el momento, se repite, de dar la orden, una severa orden que hiciese remontar todo, desde este instante que no puede ser detenido hasta, no tanto el árbol (o árboles, pues no está garantizado que todas las piezas sean de tablas hermanas), sino hasta el vendedor, el almacenista, la serrería, el estibador, la compañía de navegación que trajo de lejos el tronco cepillado de ramas y raíces. Hasta donde fuese necesario llegar para descubrir la carcoma original y esclarecer las responsabilidades. Es cierto que se articulan sonidos en la garganta, pero no conseguirán dar esa orden. Apenas dudan, todavía, sin conciencia de dudar, entre la exclamación y el grito, ambos primarios. Está por lo tanto garantizada la impunidad por enmudecimiento de la víctima y por inadvertencia de los investigadores, que sólo pro forma y rutina vendrán a verificar, cuando la silla acabe de caer y la caída, mientras tanto no fatal, estuviere consumada, si la pata, o pie, fue malévola y aun criminalmente cortada. Se humillará quien tal verificación haga, pues no es menos que humillante usar pistola en el sobaco y tener un trozo de madera carcomida en la mano, desmigándolo debajo de la uña, que para eso no necesitaría ser muy gorda. Y después apartar con el pie la silla rota, sin irritación por lo menos, y dejar caer, también caer, la pata inútil, ahora que se acabó el tiempo de su utilidad, que precisamente es la de haberse roto.

Fue en algún lugar, si se consiente esta tautología. Fue en algún lugar donde el coleóptero, perteneciese al género Hilotrupes o Anobium u otro (ningún entomólogo realizó peritaje ni identificación), se introdujo en aquella o en cualquier otra parte de la silla, desde la cual viajó después, royendo, comiendo y evacuando, abriendo galerías a lo largo de las venas más suaves, hasta el lugar ideal de fractura, cuántos años después, no se sabe, habiendo sido sin embargo discreto, considerada la brevedad de la vida de los coleópteros, pues muchas habrán sido las generaciones que se alimentaron de esta caoba hasta el glorioso día, noble pueblo, nación valiente. Meditemos un poco en esta obra pacientísima, esta nueva pirámide de Queops, si éstas son formas de escribir egipcio en español, que los coleópteros edificaron sin que de ella se pudiera ver nada desde fuera, pero abriendo túneles que de cualquier manera irían a parar a una cámara mortuoria. No es forzoso que los faraones sean depositados en el interior de montañas de piedra, en un lugar misterioso y negro, con ramales que primero se abren sobre pozos y perdiciones, allá donde dejarán los huesos, y la carne mientras no haya sido comida, los arqueólogos imprudentes y escépticos que se ríen de las maldiciones, en aquel caso se suele decir egiptólogos, en este caso se deberá decir lusólogos o portugalólogos, cuando les llega su hora. Todavía sobre estas diferencias de lugar en el que se hace la pirámide y ese otro donde va a instalarse o es instalado el faraón, apliquemos el cuento* y digamos, de acuerdo con las sabias y prudentes voces de nuestros antepasados, que en un sitio se pone el ramo y en otro se vende el vino. No nos extrañemos, por lo tanto, de que esta pirámide, llamada silla, rehúse una y otra vez su destino funerario y, por el contrario, todo el tiempo de su caída venga a ser una forma de despedida, constantemente vuelta al principio, no por pesarle en modo alguno la ausencia, que más tarde será hacia lejanas tierras, sino para la cabal demostración y compenetración de lo que sea despedida, pues es bien sabido que las despedidas son siempre demasiado rápidas para merecer realmente ese nombre. No hay en ellas ni tiempo ni lugar para el disgusto diez veces destilado hasta la pura esencia, todo es algarabía y precipitación, lágrima que venía y no tuvo tiempo de mostrarse, expresión que bien querría ser de profunda tristeza o melancolía, como otrora se usó, y finalmente queda en gesto o en mueca, que es evidentemente peor. Cayendo así la silla, sin duda cae, pero el tiempo de caer es todo el que queramos y, mientras miramos este inclinarse que nada detendrá y que ninguno de nosotros irá a detener, ahora ya sabido irremediable, podemos volverlo atrás como el Guadiana, no por medroso, sino por gozoso, que es el modo celestial de

* En español en el original. *(N. del T.)*

17

gozar, también sin la menor duda merecido. Aprendamos, si es posible, con Santa Teresa de Ávila y el diccionario, que este gozo es aquella sobrenatural alegría que en el alma de los justos produce la gracia. Mientras vemos la silla caer sería imposible que no estuviéramos nosotros recibiendo esa gracia, pues, espectadores de la caída, no hacemos nada ni lo vamos a hacer para detenerla y asistimos juntos. Con lo cual queda probada la existencia del alma, por la demostrativa vía de un efecto que, está dicho, precisamente no podríamos experimentar sin ella. Vuelva pues la silla a su vertical y empiece otra vez a caer mientras volvemos al asunto.

He aquí al Anobium, que éste es el nombre elegido, por algo de noble que hay en él, un vengador semejante que viene del horizonte de la pradera, montado en su caballo Malacara, y se toma todo el tiempo necesario para llegar, hasta que pasen los créditos por entero y se sepa, si es que ninguno de nosotros ha visto las carteleras en el vestíbulo de la entrada, que es quien a fin de cuentas realiza esto. He aquí al Anobium, ahora en primer plano, con su cara de coleóptero a la vez carcomida por el viento de lejos y por los grandes soles que todos nosotros sabemos asolan las galerías abiertas en la pata de la silla que acaba ahora mismo de partirse, gracias a lo cual dicha silla empieza por tercera vez a caerse. Este Anobium, ya ha sido dicho de manera más ligada a las banalidades de la genética y la reproducción, tuvo predecesores en la obra de venganza: se llamaron Fred, Tom Mix, Buck Jones, pero éstos son los nombres que quedaron para siempre jamás registrados en la historia épica del Far-West y que no deben hacernos olvidar a los coleópteros anónimos, aquellos que tuvieron una tarea menos gloriosa, ridícula incluso, como la de haber empezado a atravesar el desierto y muerto en él, o ir pasito a paso por el camino del pantano y ahí resbalar y quedar sucio y maloliente, que es una vejación, castigado con las carcajadas del patio de butacas y los palcos. Ninguno de éstos pudo llegar al ajuste de cuentas final, cuando el tren pitó tres veces y las pistoleras fueron engrasadas por dentro para salir las armas sin tardanza, ya con los índices enganchados en el gatillo y los pulgares dispuestos a tirar del percutor. Ninguno de ellos tuvo el premio esperándole en los labios de Mary, ni la complicidad del caballo Rayo que viene por detrás y empuja al cow-boy tímido por la espalda entre los brazos de la chica, que no espera otra cosa. Todas las pirámides tienen piedras por debajo, los monumentos también. El Anobium vencedor es el último eslabón de la cadena de anónimos que le precedió, en cualquier caso no menos felices, pues vivieron, trabajaron y murieron, cada cosa en su momento, y este Anobium, que sabemos que cierra el ciclo, morirá en el acto de fecundar, como el zángano. El principio de la muerte.

Maravillosa música que nadie oyó durante meses y años, sin descanso, ninguna pausa, de día y de noche, a la hora espléndida y asustadora del nacer del sol y en esa otra ocasión de maravilla que es el adiós luz, hasta mañana, este roer constante, continuo, como un infinito organillo de una sola nota, moliendo, triturando fibra a fibra, y todo el mundo distraído entrando y saliendo, ocupado en sus cosas, sin saber que de ahí saldrá, repetimos, en una hora señalada, con las pistolas en ristre, el Anobium, apuntando al enemigo, a la diana, y acertando o acentrando, que es precisamente acertar en el centro, o pasa a serlo desde ahora, porque alguien tenía que ser el primero. Maravillosa música finalmente compuesta y tocada por generaciones de coleópteros, para su gozo y nuestro beneficio, como fue el sino de la familia Bach, tanto antes como después de Juan Sebastián. Música no escuchada, y si la hubiese escuchado qué habría hecho, por aquél que sentado en la silla con ella cae y forma en la garganta, por susto o sorpresa, este sonido articulado que tal vez no venga a ser grito, aullido, mucho menos palabra. Música que va a callarse, que se ha callado ahora mismo: Buck Jones ve al enemigo cayendo inexorablemente al suelo, bajo la gran y ofuscante luz del sol tejano, guarda en las pistoleras los revólveres y se quita el gran sombrero de alas anchas para enjugar la frente y porque Mary se aproxima corriendo, vestida de blanco, ahora que el peligro ya ha pasado.

Supondría, sin embargo, alguna exageración afirmar que todo el destino de los hombres se encuentra inscrito en el aparato bucal roedor de los coleópteros. Si fuese así, nos habríamos ido todos a vivir a casas de cristal y hierro, por lo tanto al abrigo del Anobium, pero no al abrigo de todo porque, al final, por alguna razón existe, y para otra también, ese misterioso mal al que damos nosotros, cancerosos en potencia, el nombre de cáncer del cristal, y esa tan vulgar herrumbre que, vaya cualquiera a descubrir estos otros misterios, no ataca al ébano pero deshace literalmente lo que sea sólo hierro. Nosotros, hombres, somos frágiles, pero, en verdad, tenemos que ayudar a nuestra propia muerte. Es quizá una cuestión de honor nuestra: no quedarnos así, inermes, entregados; dar de nosotros cualquier cosa, o, si no, ¿para qué serviría estar en el mundo? La cuchilla de la guillotina corta, pero ¿quién pone el cuello? El condenado. Las balas de los fusiles perforan, pero ¿quién da el pecho? El fusilado. La muerte tiene esta peculiar belleza de ser tan clara como una demostración matemática, tan simple como unir con una línea dos puntos, siempre que ésta no exceda el largo de la regla. Tom Mix dispara sus dos revólveres, pero aun así es necesario que la pólvora comprimida en los cartuchos tenga poder suficiente y sea en cantidad suficiente para que el plomo venza la distancia en su trayectoria ligeramente curva (nada tiene que hacer aquí la regla) y, habiendo cumplido las exigencias de la balística, perfore primero a buena altura el chaleco de paño, después la camisa quizá de franela, a continuación la camiseta de lana que en invierno calienta y en verano absorbe el sudor, y finalmente la piel, suave y elástica, que primero se recoge suponiendo, si la piel supone, si no supura apenas, que la fuerza de los proyectiles se quebrará allí, y caerán por lo tanto las balas por tierra, en el polvo del camino, a salvo el criminal hasta el próximo episodio. No fue sin embargo así. Buck Jones ya tiene a Mary en los brazos y la palabra Fin le nace de la boca y llena la pantalla. Sería el momento para que se levantaran los espectadores, despacio, salieran por el pasillo hasta la luz cruda que llega desde la puerta, porque habían ido a la matinée, esforzándose para regresar a esta realidad sin aventura, un poco tristes, un poco animosos, y tan mal apuntados a la vida que en la carrera del tiro espera, que hay incluso quien se queda sentado para la segunda sesión: érase una vez.

También ahora se sentó este hombre viejo que primero salió de una sala y atravesó otra, después siguió por un corredor que podría ser el pasillo de un cine, pero no lo es, es una dependencia de una casa, no diremos que suya, sino apenas la casa en la que vive, o está viviendo, toda ella por lo tanto no suya, sino su dependencia. La silla aún no ha caído. Condenada, es como un hombre extenuado, no obstante aun acá del grado supremo de la extenuación: consigue aguantar su propio peso. Viéndola de lejos no parece que el Anobium la haya transformado, él cow-boy y minero, él en Arizona y en Jales*, en una red laberíntica de galerías, como para perder en ella el juicio. La ve de lejos el viejo que se aproxima y cada vez más de cerca la ve, si es que la ve, que de tantos millares de veces que ahí se ha sentado no la ve ya, y ése es su error, siempre lo fue, no reparar en las sillas en las que se sienta por suponer que todas han de poder lo que sólo él puede. San Jorge, santo, vería allí al dragón, pero este viejo es un falso devoto que se mancomunó, de gorra, con los cardenales patriarcas, y todos juntos, él y ellos, in hoc signo vinces. No ve la silla, además ahora viene sonriendo con cándido contentamiento y se acerca a ella sin reparar, mientras esforzadamente el Anobium deshace en la última galería las últimas fibras y aprieta sobre las caderas el cinturón de las pistoleras. El viejo piensa que va a descansar digamos media hora, que tal vez dormite incluso un poco con esta buena temperatura de principios

---

* Minas auríferas en el norte de Portugal, provincia de Trás-os-Montes. *(N. del T.)*

de otoño, que ciertamente no tendrá paciencia para leer los papeles que lleva en la mano. No nos impresionemos. No se trata de una película de terror; con caídas de este estilo se hicieron y se harán excelentes escenas cómicas, gags hilarantes, como los hizo Chaplin, todos los tenemos en la memoria, o Pat y Patachón, gana un caramelo quien se acuerde. Y no lo anticipemos, aunque sepamos que la silla se va a partir: pero todavía no, primero tiene que sentarse el hombre despacio, a nosotros, los viejos, nos marcan las leyes las trémulas rodillas, tiene que posar las manos o agarrar con fuerza los brazos o sujeciones de la silla, para no dejar caer bruscamente las nalgas arrugadas y los fondillos del pantalón en el asiento que le ha soportado todo, como resulta excusado especificar, que todos somos humanos y sabemos. Del lado de las tripas, aclárese, porque de este viejo hay muchas y también diversas razones, y éstas son antiguas, para dudar de su humanidad. Mientras tanto está sentado como un hombre.

Aún no se ha recostado. Su peso, gramo más, gramo menos, está igualmente distribuido en el asiento de la silla. Si no se moviese podría permanecer así, a salvo, hasta ponerse el sol, altura en la que el Anobium acostumbra recobrar fuerzas y roer con nuevo vigor. Pero se va a mover, se ha movido, se ha recostado en el respaldo, se ha inclinado incluso un casi nada hacia el lado frágil de la silla. Y ésta se parte. Se parte la pata de la silla, crujió primero, después la desgarró la acción del peso desequilibrado y, de repente, la luz del día entró deslumbrante en la galería de Buck Jones, iluminando el blanco. A causa de la conocida diferencia entre la velocidad de la luz y del sonido, entre la liebre y la tortuga, la detonación se oirá más tarde, sorda, ahogada, como un cuerpo que cae. Demos tiempo al tiempo. No está nadie más en la sala, o habitación, o galería, o terraza, o; mientras el sonido de la caída no sea oído, somos nosotros los señores de este espectáculo, podemos incluso ejercitar el sadismo que, como de músico y de loco, tenemos felizmente un poco, de una forma, digamos así, pasiva, sólo como quien ve y no conoce o in limine rechaza obligaciones apenas humanitarias de socorrer. A este viejo no.

Va a caer hacia atrás. Ahí va. Aquí, exactamente delante de él, lugar escogido, podemos ver que tiene el rostro largo, la nariz aguileña y afilada como un gancho que fuese también navaja, y si no se diese el caso de haber abierto la boca en ese instante, tendríamos el derecho, aquel derecho que tiene cualquier testigo ocular, que por eso dice yo vi, de jurar que no tiene labios. Pero la abrió, la abre de susto y sorpresa de incomprensión, y así es posible distinguir, aunque con poca precisión, dos rebordes de carne o larvas pálidas que sólo por la diferencia de textura dérmica no se confunden con la otra palidez circundante. La papada se estremece sobre la laringe y demás cartílagos y todo el cuerpo acompaña la silla hacia atrás, y por el suelo ha rodado hacia un lado, no lejos, porque todos debemos asistir, la pata de la silla partida. Ha esparcido un polvo amarillo aglomerado, no mucho en verdad, pero lo suficiente para complacernos con todo esto en imaginar una ampolleta cuya arena estuviera constituida escatológicamente por las deyecciones del coleóptero: en donde se ve hasta qué punto sería absurdo meter aquí a Buck Jones y a su caballo Malacara, esto suponiendo que Buck cambió de caballo en la última posada y monta ahora el caballo de Fred. Dejemos sin embargo este polvo que no es ni siquiera azufre, y que bien ayudaría a la escena si lo fuese, ardiendo con esa llama azulada y soltando su apestoso ácido sulfuroso, oh rima. Sería una perfecta manera de aparecer el infierno como tal, mientras la silla del demonio se parte y cae para atrás arrastrando consigo a Satanás, Asmodeo y su legión.

El viejo ya no sujeta los brazos de la silla, las rodillas súbitamente no temblorosas obedecen ahora a otra ley, y los pies que siempre han calzado botas para que no se supiese que son bifurcados (nadie leyó a tiempo y con atención, todo está ahí, la dama de pata de cabra), los pies ya están en el aire. Asistiremos al gran ejercicio gimnástico, el salto mortal hacia atrás, mucho más espectacular éste, aunque sin público, que los otros vistos en estadios y jamores*, desde lo alto de la tribuna, en la época en que las sillas aún eran sólidas y el Anobium una improbable hipótesis de trabajo. Y no hay nadie que fije este momento. Mi reino por una polaroid, gritó Ricardo III, y nadie le ayudó porque la pedía demasiado pronto. Lo poco que recibimos a cambio de ese mucho que es enseñar la fotografía de los hijos, la tarjeta de socio y la verdadera imagen de la caída. Ay estos pies en el aire, cada vez más lejos del suelo, ay aquella cabeza cada vez más cerca, ay Santa Comba, no santa de los afligidos, santa

* Referencia a Jamor, lugar donde está edificado el Estadio Nacional portugués, obra del salazarismo a mayor gloria del régimen. (N. del T.)

25

patrona de aquel que siempre los afligió. Las hijas del Mondego la muerte oscura todavía por ahora no lloran. Esta caída no es una caída cualquiera de Chaplin, no se puede repetir otra vez, es única y por eso excelente, como cuando estuvieron juntos los hechos de Adán y las gracias de Eva. Y por haber hablado de ella, Eva doméstica y servicial, gobernadora en proporción, benefactora de desempleados si sobrios, honestos y católicos, agujero del martirio, poder medrado y mierdado a la sombra de este Adán que cae sin manzana ni serpiente, ¿dónde estás? Demasiado tiempo te entretienes en la cocina, o al teléfono atendiendo a las hijas de María o a las esclavas del Sagrado Corazón o a las pupilas de Santa Zita, mucha agua desperdicias regando las begonias en los tiestos, mucho te distraes, abeja maestra, que no acudes, y, si acudieses, ¿a quién socorrerías? Es tarde. Los santos están de espaldas, silban, se fingen distraídos, porque saben muy bien que no hay milagros, que nunca los hubo, y cuando algo de extraordinario ha sucedido en el mundo, su suerte fue estar presentes y aprovecharla. Ni San José, que en su época fue carpintero, y mejor carpintero que santo, sería capaz de pegar aquella pata de silla a tiempo para evitar la caída, antes que este nuevo campeón de la gimnástica portuguesa dé su salto mortal, y Eva doméstica y gobernanta aparta ahora los tres frasquitos de píldoras y gotas que el viejo tomará, una cada vez, antes, durante y después de la próxima comida.

El viejo ve el techo. Ve apenas, no tiene tiempo de mirar. Agita los brazos y las piernas como un galápago vuelto con la barriga al aire, e inmediatamente a continuación es mucho más un seminarista con botas masturbándose cuando va de vacaciones a casa de sus señores padres que andan en la era. Es sólo eso, y nada más. Suave tierra, y bruta, y simple, para pisar y después decir que todo son piedras, y que nacemos pobres y pobres felizmente moriremos, y por eso estamos en la gracia del Señor. Cae, viejo, cae. Repara que en este momento tienes los pies más altos que la cabeza. Antes de dar tu salto mortal, medalla olímpica, harás el pino como no fue capaz de hacerlo aquel muchacho en la playa, que intentaba y caía, sólo con un brazo porque el otro se lo había dejado en África. Cae. Sin embargo, no tengas prisa: aún hay mucho sol en el cielo. Podemos incluso, nosotros que asistimos, acercarnos a una ventana y mirar fuera, descansadamente, y desde aquí tener una gran visión de ciudades y aldeas, de ríos y planicies, de sierras y sembradíos, y decir al diablo tentador que precisamente es éste el mundo que queremos, pues no es malo que alguien desee lo que es suyo propio. Con los ojos deslumbrados volvemos hacia dentro y es como si no estuvieses: hemos traído demasiada luz al interior de la habitación y tenemos que esperar a que ésta se habitúe o vuelva afuera. Estás, en fin, más cerca del suelo. Y la pata sana y la pata desmochada de la silla han resbalado hacia el frente, todo el equilibrio se ha perdido. Se distinguen los prenuncios de la verdadera caída, el aire se deforma alrededor, los objetos se encogen de susto, van a ser agredidos, y todo el cuerpo es un retorcimiento crispado, una especie de gato reumático, por eso incapaz de dar en el aire la última vuelta que lo salvaría, con las cuatro patas en el suelo y un golpe suave, de bicho vivísimo. Se ve cuán mal estaba colocada esta silla, sobre lo malo que ya era, pero no sabido, tener el Anobium dentro de sí; peor, realmente, o tan mala es aquella arista, o pico, o canto de mueble que extiende su puño cerrado hacia un punto en el espacio, por el momento todavía libre, todavía aliviado e inocente, en el cual el arco del círculo hecho por la cabeza del viejo irá a interrumpirse y rebotar, cambiar por un instante de dirección y después volver a caer, hacia abajo, hacia el fondo, inexorablemente tirado por ese duende que está en el centro de la tierra con billones de cordelitos en la mano, para arriba y para abajo, haciendo abajo lo mismo que aquí encima hacen los hombres de las marionetas, hasta el último tirón más fuerte que nos retira de la escena. No habrá llegado para el viejo aún este momento, pero es evidente que cae para volver a caer otra y última vez. Y ahora ¿qué espacio hay, qué espacio resta entre la arista del mueble, el puño, la lanza en África, y el lado más frágil de la cabeza, el hueso predestinado? Podemos medirlo y nos quedaremos asombrados del poquísimo espacio que falta recorrer, repárese, no cabe un dedo, ni eso, mucho menos que eso, una uña, una cuchilla de afeitar, un pelo, un simple hilo de gusano de seda o de araña. Aún queda algún tiempo, pero el espacio va a acabarse. La araña ha expelido ahora mismo su último filamento, remata el capullo, la mosca ya está encerrada.

Es curioso este sonido. Claro, de cierta manera claro, para no dejar dudas a los testigos que somos, pero apagado, sordo, discreto, para que no acudan demasiado pronto Eva doméstica y los Caínes, para que todo pase entre lo solitario y lo aislado, como conviene a tanta grandeza. La cabeza, como estaba previsto y cumple las leyes de la física, golpeó y rebotó un poco, digamos, toda vez que estamos cerca y habíamos acabado de hacer otras mediciones, dos centímetros hacia arriba y hacia un lado. De aquí en adelante la silla ya no importa. No importaría siquiera el resto de la caída, ahora pleonástica. El proyecto de Buck Jones incluía, ya ha sido dicho, una trayectoria, preveía un punto. Ahí está.

Cuanto ahora suceda es por la parte de dentro. Dígase antes, sin embargo, que el cuerpo volvió a caer, y la silla acompañante, de la cual no se hablará más o apenas por alusión. Es indiferente que la velocidad del sonido iguale súbitamente la velocidad de la luz. Lo que tenía que suceder, sucedió. Eva puede correr ansiosa, murmurando oraciones como nunca se olvida de hacer en las ocasiones adecuadas, o esta vez no, si es verdad que los cataclismos privaron de voz, aunque no de grito, a sus víctimas. Por eso Eva doméstica, agujero de martirio, se arrodilla y hace preguntas, ahora las hace, porque el cataclismo ya se fue, ya ha pasado, y quedan los efectos. No pasa mucho tiempo sin que de todos los rincones vengan subiendo los Caínes, si no es injusto finalmente llamarles así, darles el nombre de un infeliz hombre de quien el Señor desvió su rostro, y por eso humanamente tomó venganza de un hermano lameculos e intriguista. Tampoco les llamaremos buitres, aunque se muevan así, o no, o sí: más exacto, desde el doble punto de vista morfológico y caracterológico, sería incluirlos en el capítulo de las hienas, y éste es un gran descubrimiento. Con la salvedad importante de que las hienas, al igual que los buitres, son útiles animales que limpian de carne muerta los paisajes de los vivos y por eso se lo tendremos que agradecer, mientras que éstos son al mismo tiempo la hiena y su misma carne muerta, y éste es al final el gran descubrimiento que se dijo. El perpetuum mobile, al contrario de lo que continúan imaginando los inventores ingenuos de domingo, los iluminados taumaturgos del carpinterismo, no es mecánico. Sí es biológico, es esta hiena que se alimenta de su cuerpo muerto y putrefacto y así constantemente se reconstituye en muerte y putrefacción. Para interrumpir el ciclo no todo basta, pero la menor cosa bastaría. Algunas veces, si Buck Jones no estuviera ausente del otro lado de la montaña persiguiendo a unos simples y honestos ladrones de ganado, una silla serviría, y un sólido punto de apoyo en el espacio para mover el mundo, como dijo Arquímedes a Hierón de Siracusa, y para romper los vasos sanguíneos que los huesos del cráneo creían proteger, y en sentido propio se escribe creían porque apenas parecía que los huesos tan próximos al cerebro no fuesen capaces de realizar, por los caminos de ósmosis o simbiosis, una operación mental tan al alcance como es el simple creer. E incluso así, aun interrumpido ese ciclo, habrá que estar atentos a lo que en su punto de ruptura puede injertarse, y podrá ser, aquí no por injerto, otra hiena naciendo del flanco purulento como Mercurio del muslo de Júpiter, si comparaciones de este tipo, mitológicas, se consienten. Ésta, sin embargo, sería otra historia, quién sabe si ya contada.

Eva doméstica salió de aquí corriendo, y también gritando y diciendo palabras que no vale la pena registrar, tan semejantes que apenas se diferencian, salvo en el estilo medieval, de aquellas que dijo Leonor Teles cuando le mataron a Andeiro, y además era reina. Este viejo no está muerto. Sólo se ha desmayado, y nosotros podemos sentarnos en el suelo, con las piernas cruzadas, sin ninguna prisa, porque un segundo es un siglo, y antes de que lleguen los médicos y los camilleros, y las hienas con pantalón listado, llorando, una eternidad pasará. Observemos bien. Pálido, pero no frío. El corazón late, el pulso está firme, parece que el viejo duerme, y quieren ver que todo esto ha sido al final un gran equívoco, una monstruosa maquinación para separar el bien del mal, el trigo de la paja, los amigos de los enemigos, los que están a favor apartados de los que están en contra, puesto que Buck Jones habría sido, en toda esta historia de la silla, un vulgar y asqueroso provocador.

Calma, portugueses, escuchad y tened paciencia. Como sabéis, el cráneo es una caja ósea que contiene el cerebro, lo cual viene a ser, a su vez, conforme podemos apreciar en este mapa anatómico en colores naturales, ni más ni menos que la parte superior de la médula espinal. Ésta, que a lo largo del dorso venía constreñida, habiendo encontrado espacio allí, se abrió como una flor de inteligencia. Repárese en que no es gratuita ni despreciable la comparación. Es grande la variedad de flores, y para el caso bastará que nos acordemos, o que se acuerde cada uno de nosotros de aquella que más le guste, y en caso extremo, verbi gratia, aquella con la que más antipatice, una flor carnívora, de gustibus et coloribus non disputandum, supuesto que concordemos en detestar aquello que a sí mismo se desnaturaliza, aunque, por exigencia de aquel mínimo rigor que siempre debe acompañar a quien enseña y a quien aprende, nos debiésemos interrogar sobre la justicia de la acusación y, sin embargo, otra vez para que nada quede olvidado, debamos interrogarnos sobre el derecho que tiene una planta a alimentarse dos veces, primero de la tierra y luego de lo que en el aire vuela en la múltiple forma de los insectos, cuando no de las aves. Reparemos, de pasada, en lo fácil que es paralizarse el juicio, recibir de un lado y de otro informaciones, tomarlas por lo que dicen ser y sacrificarnos todos los días en el altar de la prudencia, nuestra mejor fornicación. Sin embargo, no hemos sido neutrales mientras hemos asistido a esta larga caída. Y en puntos de prudencia piérdase al menos la suficiente para acompañar, con la debida atención, el movimiento del puntero que pasea sobre este corte del cerebro.

Reparen, señoras mías y señores míos, en esta especie de puente longitudinal compuesto por fibras: se llama bóveda y constituye la parte superior del tálamo óptico. Por detrás de ella se ven dos comisuras transversales que obviamente no deben ser confundidas con las de los labios. Observemos ahora del otro lado. Atención. Esto que sobresale aquí son los tubérculos cuadrigémeos o lobos ópticos (no siendo clase de zoología, la acentuación de lobos se hace fuerte en la primera o). Esta parte amplia es el cerebro anterior, y aquí tenemos las célebres circunvoluciones. En este sitio, abajo, está, evidentemente, todo el mundo lo sabe, el cerebelo, con su parte interna, llamada arbor vitae, que se debe, conviene aclararlo, no vaya a creerse que estamos en la clase de botánica, al pliegue del tejido nervioso en un cierto número de laminillas que dan origen, a su vez, a pliegues secundarios. Ya hemos hablado de la médula espinal. Repárese en esto que no es un puente, pero que tiene el nombre de puente de Varolio, que parece incluso una ciudad de Italia, no dirán que no. Atrás está la médula alargada. Falta poco para que lleguemos al final de la descripción, no se pongan nerviosos. La explicación podría ser, naturalmente, mucho más lenta y minuciosa, pero para eso nada como la autopsia. Limitémonos, por lo tanto, a indicar la glándula pituitaria, que es un cuerpo glandular y nervioso que nace del pavimento del tálamo o tercer ventrículo. Y, finalmente, concluyendo, informamos que esta cosa de aquí es el nervio óptico, asunto de la más alta importancia, pues con esto nadie osará decir que no ha visto lo que pasó en este lugar.

Y ahora, la pregunta fundamental: ¿para qué sirve el cerebro, vulgo sesos? Sirve para todo porque sirve para pensar. Pero, atención, no vayamos a caer ahora en la superstición común de que todo cuando llena el cráneo está relacionado con el pensamiento y los sentidos. Imperdonable engaño, señoras y señores. La mayor parte de esta masa contenida en el cráneo no tiene nada que ver con el pensamiento, no tiene nada que ver con esto. Sólo una cáscara muy fina de sustancia nerviosa, llamada corteza, con cerca de tres milímetros de espesor, y que cubre la parte anterior del cerebro, constituye el órgano de la conciencia. Repárese, por favor, en la perturbadora semejanza que hay entre lo que llamaremos un microcosmos y lo que llamaremos un macrocosmos, entre los tres milímetros de corteza que nos permiten pensar y los pocos kilómetros de atmósfera que nos permiten respirar, insignificantes unos y otros, y todos, a su vez, en comparación ni siquiera con el tamaño de la galaxia, sino con el simple diámetro de la tierra. Pasmémonos, hermanos, y oremos al Señor.

El cuerpo todavía está aquí, y estará todo el tiempo que queramos. Aquí, en la cabeza, en este sitio en el que el pelo aparece despeinado, es donde fue el golpe. A simple vista, no tiene importancia. Una ligerísima equimosis, como de uña impaciente, que la raíz del pelo casi esconde; no parece que por aquí pueda entrar la muerte. En verdad, ya está ahí dentro. ¿Qué es esto? ¿Nos iremos a apiadar del enemigo vencido? ¿Es la muerte una disculpa, un perdón, una esponja, una lejía para lavar crímenes? El viejo acaba de abrir los ojos y no consigue reconocernos, lo cual sólo a él asombra, pero a nosotros no, porque no nos conoce. Le tiembla la barbilla, quiere hablar, se inquieta por cómo hemos llegado hasta ahí, nos cree autores del atentado. No dirá nada. Por la comisura de la boca entreabierta le corre hacia la barbilla un hilo de saliva. ¿Qué haría la hermana Lucía en este caso, qué haría si estuviese aquí, de rodillas, envuelta en su triple olor a moho, faldas e incienso? ¿Enjugaría reverente la saliva o, más reverente aún, se inclinaría del todo hacia delante, prosternada, y con la lengua recogería la santa secreción, la reliquia, para guardarla en una ampolla? No lo dirá la historia sagrada, no lo dirá, sabemos, la profana, ni Eva doméstica reparará, corazón afligido, en la injuria que el viejo practica babeando sobre el viejo.

Ya se oyen pasos en el corredor, pero tenemos todavía tiempo. La equimosis se ha vuelto más oscura y el pelo parece erizado sobre ella. Una pasada cariñosa de peine podría componerlo todo en esta superficie que vemos.

Pero sería inútil. Sobre otra superficie, la de la corteza, se acumula la sangre derramada por los vasos que el golpe seccionó en aquel punto preciso de la caída. Es el hematoma. Es ahí donde en este momento se encuentra el Anobium, preparado para el segundo turno. Buck Jones ha limpiado el revólver y mete nuevas balas en el tambor. Ahí vienen a buscar al viejo. Ese rascar de uñas, ese llanto, es de las hienas, no hay nadie que no lo sepa. Vamos hasta la ventana. ¿Qué me dice de este mes de septiembre? Hace mucho tiempo que no teníamos un tiempo así.

EMBARGO

Se despertó con la sensación aguda de un sueño degollado y vio delante de sí la superficie cenicienta y helada del cristal, el ojo encuadrado de la madrugada que entraba, lívido, cortado en cruz y escurriendo una transpiración condensada. Pensó que su mujer se había olvidado de correr las cortinas al acostarse y se enfadó: si no consiguiese volver a dormirse ya, acabaría por tener un día fastidiado. Le faltó sin embargo el ánimo para levantarse, para cubrir la ventana: prefirió cubrirse la cara con la sábana y volverse hacia la mujer que dormía, refugiarse en su calor y en el olor de su pelo suelto. Estuvo todavía unos minutos esperando, inquieto, temiendo el insomnio matinal. Pero después le vino la idea del capullo tibio que era la cama y la presencia laberíntica del cuerpo al que se aproximaba y, casi deslizándose en un círculo lento de imágenes sensuales, volvió a caer en el sueño. El ojo ceniciento del cristal se fue azulando poco a poco, mirando fijamente las dos cabezas posadas en la almohada, como restos olvidados de una mudanza a otra casa o a otro mundo. Cuando el despertador sonó, pasadas dos horas, la habitación estaba clara.

Dijo a su mujer que no se levantase, que aprovechase un poco más de la mañana, y se escurrió hacia el aire frío, hacia la humedad indefinible de las paredes, de los picaportes de las puertas, de las toallas del cuarto de baño. Fumó el primer cigarrillo mientras se afeitaba y el segundo con el café, que entretanto se había enfriado. Tosió como todas las mañanas. Después se vistió a oscuras, sin encender la luz de la habitación. No quería despertar a su mujer. Un olor fresco a agua de colonia avivó la penumbra, y eso hizo que la mujer suspirase de placer cuando el marido se inclinó sobre la cama para besarle los ojos cerrados. Y susurró que no volvería a comer a casa.

Cerró la puerta y bajó rápidamente la escalera. La finca parecía más silenciosa que de costumbre. Tal vez por la niebla, pensó. Se había dado cuenta de que la niebla era como una campana que ahogaba los sonidos y los transformaba, disolviéndolos, haciendo de ellos lo que hacía con las imágenes. Habría niebla. En el último tramo de la escalera ya podría ver la calle y saber si había acertado. Al final había una luz aún grisácea, pero dura y brillante, de cuarzo. En el bordillo de la acera, una gran rata muerta. Y mientras encendía el tercer cigarrillo, detenido en la puerta, pasó un chico embozado, con gorra, que escupió por encima del animal, como le habían enseñado y siempre veía hacer.

El automóvil estaba cinco casas más abajo. Una gran suerte haber podido dejarlo allí. Había adquirido la superstición de que el peligro de que lo robasen sería tanto mayor cuanto más lejos lo hubiese dejado por la noche. Sin haberlo dicho nunca en voz alta, estaba convencido de que no volvería a ver el coche si lo dejase en cualquier extremo de la ciudad. Allí, tan cerca, tenía confianza. El automóvil aparecía cubierto de gotitas, los cristales cubiertos de humedad. Si no hiciera tanto frío, podría decirse que transpiraba como un cuerpo vivo. Miró los neumáticos según su costumbre, verificó de paso que la antena no estuviese partida y abrió la puerta. El interior del coche estaba helado. Con los cristales empañados era una caverna translúcida hundida bajo un diluvio de agua. Pensó que habría sido mejor dejar el coche en un sitio desde el cual pudiese hacerlo deslizarse para arrancar más fácilmente. Encendió el coche y en el mismo instante el motor roncó fuerte, con una sacudida profunda e impaciente. Sonrió, satisfecho de gusto. El día empezaba bien.

Calle arriba el automóvil arrancó, rozando el asfalto como un animal de cascos, triturando la basura esparcida. El cuentakilómetros dio un salto repentino a noventa, velocidad de suicidio en la calle estrecha y bordeada de coches aparcados. ¿Qué sería? Retiró el pie del acelerador, inquieto. Casi diría que le habían cambiado el motor por otro mucho más potente. Pisó con cuidado el acelerador y dominó el coche. Nada de importancia. A veces no se controla bien el balanceo del pie. Basta que el tacón del zapato no asiente en el lugar habitual para que se altere el movimiento y la presión. Es fácil.

Distraído con el incidente, aún no había mirado el contador de la gasolina. ¿La habrían robado durante la noche, como no sería la primera vez? No. El puntero indicaba precisamente medio depósito. Paró en un semáforo rojo, sintiendo el coche vibrante y tenso en sus manos. Curioso. Nunca había reparado en esta especie de palpitación animal que recorría en olas las láminas de la carrocería y le hacía estremecer el vientre. Con la luz verde el automóvil pareció serpentear, estirarse como un fluido para sobrepasar a los que estaban delante. Curioso. Pero, en verdad, siempre se había considerado mucho mejor conductor que los demás. Cuestión de buena disposición esta agilidad de reflejos de hoy, quizá excepcional. Medio depósito. Si encontrase una gasolinera funcionando, aprovecharía. Por seguridad, con todas las vueltas que tenía que dar ese día antes de ir a la oficina, mejor de más que de menos. Este estúpido embargo. El pánico, las horas de espera, en colas de decenas y decenas de coches. Se dice que la industria va a sufrir las consecuencias. Medio depósito. Otros andan a esta hora con mucho menos, pero si fuese posible llenarlo… El coche tomó una curva balanceándose y, con el mismo movimiento, se lanzó por una subida empinada sin esfuerzo. Allí cerca había un surtidor poco conocido, tal vez tuviese suerte. Como un perdiguero que acude al olor, el coche se insinuó entre el tráfico, dobló dos esquinas y fue a ocupar un lugar en la cola que esperaba. Buena idea.

Miró el reloj. Debían de estar por delante unos veinte coches. No era ninguna exageración. Pero pensó que lo mejor sería ir primero a la oficina y dejar las vueltas para la tarde, ya lleno el depósito, sin preocupaciones. Bajó el cristal para llamar a un vendedor de periódicos que pasaba. El tiempo había enfriado mucho. Pero allí, dentro del automóvil, con el periódico abierto sobre el volante, fumando mientras esperaba, hacía un calor agradable, como el de las sábanas. Hizo que se movieran los músculos de la espalda, con una torsión de gato voluptuoso, al acordarse de su mujer aún enroscada en la cama a aquella hora y se recostó mejor en el asiento. El periódico no prometía nada bueno. El embargo se mantenía. Una navidad oscura y fría, decía uno de los titulares. Pero él aún disponía de medio depósito y no tardaría en tenerlo lleno. El automóvil de delante avanzó un poco. Bien.

Hora y media más tarde estaba llenándolo y tres minutos después arrancaba. Un poco preocupado porque el empleado le había dicho, sin ninguna expresión particular en la voz, de tan repetida la información, que no habría allí gasolina antes de quince días. En el asiento, al lado, el periódico anunciaba restricciones rigurosas. En fin, de lo malo malo, el depósito estaba lleno. ¿Qué haría? ¿Ir directamente a la oficina o pasar primero por casa de un cliente, a ver si le daban el pedido? Escogió el cliente. Era preferible justificar el retraso con la visita que tener que decir que había pasado hora y media en la cola de la gasolina cuando le quedaba medio depósito. El coche estaba espléndido. Nunca se había sentido tan bien conduciéndolo. Encendió la radio y se oyó un diario hablado. Noticias cada vez peores. Estos árabes. Este estúpido embargo.

De repente el coche dio una cabezada y se dirigió a la calle de la derecha hasta parar en una cola de automóviles más pequeña que la primera. ¿Qué había sido eso? Tenía el depósito lleno, sí, prácticamente lleno, por qué este demonio de idea. Movió la palanca de las velocidades para poner marcha atrás, pero la caja de cambios no le obedeció. Intentó forzarla, pero los engranajes parecían bloqueados. Qué disparate. Ahora una avería. El automóvil de delante avanzó. Recelosamente, contando con lo peor, metió la primera. Perfecto todo. Suspiró de alivio. Pero ¿cómo estaría la marcha atrás cuando volviese a necesitarla?

Cerca de media hora después ponía medio litro de gasolina en el depósito, sintiéndose ridículo bajo la mirada desdeñosa del empleado de la gasolinera. Dio una propina absurdamente alta y arrancó con un gran ruido de neumáticos y aceleramientos. Qué demonio de idea. Ahora al cliente, o será una mañana perdida. El coche estaba mejor que nunca. Respondía a sus movimientos como si fuese una prolongación mecánica de su propio cuerpo. Pero el caso de la marcha atrás daba que pensar. Y he aquí que tuvo realmente que pensarlo. Una gran camioneta averiada tapaba todo el centro de la calle. No podía contornearla, no había tenido tiempo, estaba pegado a ella. Otra vez con miedo movió la palanca y la marcha atrás entró con un ruido suave de succión. No se acordaba de que la caja de cambios hubiese reaccionado de esa manera antes. Giró el volante hacia la izquierda, aceleró y con un solo movimiento el automóvil subió a la acera, pegado a la camioneta, y salió por el otro lado, suelto, con una agilidad de animal. El demonio de coche tenía siete vidas. Tal vez por causa de toda esa confusión del embargo, todo ese pánico, los servicios desorganizados hubiesen hecho meter en los surtidores gasolina de mucha mayor potencia. Tendría gracia.

Miró el reloj. ¿Valdría la pena visitar al cliente? Con suerte encontraría el establecimiento aún abierto. Si el tránsito ayudase, sí, si el tránsito ayudase, tendría tiempo. Pero el tránsito no ayudó. En época navideña, incluso faltando la gasolina, todo el mundo sale a la calle, para estorbar a quien necesita trabajar. Y al ver una transversal descongestionada desistió de visitar al cliente. Mejor sería dar cualquier explicación en la oficina y dejarlo para la tarde. Con tantas dudas, se había desviado mucho del centro. Gasolina quemada sin provecho. En fin, el depósito estaba lleno. En una plaza, al fondo de la calle por la que bajaba, vio otra cola de automóviles esperando su turno. Sonrió de gozo y aceleró, decidido a pasar resoplando contra los ateridos automovilistas que esperaban. Pero el coche, a veinte metros, tiró hacia la izquierda, por sí mismo, y se detuvo, suavemente, como si suspirase, al final de la cola. ¿Qué diablos había sido aquello, si no había decidido poner más gasolina? ¿Qué diantre era, si tenía el depósito lleno? Se quedó mirando los diversos contadores, palpando el volante, costándole reconocer el coche, y en esta sucesión de gestos movió el retrovisor y se miró en el espejo. Vio que estaba perplejo y consideró que tenía razón. Otra vez por el retrovisor distinguió un automóvil que bajaba la calle, con todo el aire de ir a colocarse en la fila. Preocupado con la idea de quedarse allí inmovilizado, cuando tenía el depósito lleno, movió rápidamente la palanca para dar marcha atrás. El coche resistió y la palanca le huyó de las manos. Un segundo después se encontraba aprisionado entre sus dos vecinos. Diablos. ¿Qué tendría el coche? Necesitaba llevarlo al taller. Una marcha atrás que funciona ahora sí y ahora no es un peligro.

Habían pasado más de veinte minutos cuando hizo avanzar el coche hasta el surtidor. Vio acercarse al empleado y la voz se le estranguló al pedir que llenase el depósito. En ese mismo instante hizo una tentativa para huir de la vergüenza, metió una rápida primera y arrancó. En vano. El coche no se movió. El hombre de la gasolinera le miró desconfiado, abrió el depósito y, pasados pocos segundos, fue a pedirle el dinero de un litro que guardó refunfuñando. Acto seguido, la primera entraba sin ninguna dificultad y el coche avanzaba, elástico, respirando pausadamente. Alguna cosa no iría bien en el automóvil, en los cambios, en el motor, en cualquier sitio, el diablo sabrá. ¿O estaría perdiendo sus cualidades de conductor? ¿O estaría enfermo? Había dormido bien a pesar de todo, no tenía más preocupaciones que en cualquier otro día de su vida. Lo mejor sería desistir por ahora de clientes, no pensar en ellos durante el resto del día y quedarse en la oficina. Se sentía inquieto. A su alrededor las estructuras del coche vibraban profundamente, no en la superficie, sino en el interior del acero, y el motor trabajaba con aquel rumor inaudible de pulmones llenándose y vaciándose, llenándose y vaciándose. Al principio, sin saber por qué, dio en trazar mentalmente un itinerario que le apartase de otras gasolineras, y cuando notó lo que hacía se asustó, temió no estar bien de la cabeza. Fue dando vueltas, alargando y acortando camino, hasta que llegó delante de la oficina. Pudo aparcar el coche y suspiró de alivio. Apagó el motor, sacó la llave y abrió la puerta. No fue capaz de salir.

Creyó que el faldón de la gabardina se había enganchado, que la pierna había quedado sujeta por el eje del volante, e hizo otro movimiento. Incluso buscó el cinturón de seguridad, para ver si se lo había puesto sin darse cuenta. No. El cinturón estaba colgando a un lado, tripa negra y blanda. Qué disparate, pensó. Debo estar enfermo. Si no consigo salir es porque estoy enfermo. Podía mover libremente los brazos y las piernas, flexionar ligeramente el tronco de acuerdo con las maniobras, mirar hacia atrás, inclinarse un poco hacia la derecha, hacia la guantera, pero la espalda se adhería al respaldo del asiento. No rígidamente, sino como un miembro se adhiere al cuerpo. Encendió un cigarrillo y, de repente, se preocupó por lo que diría el jefe si se asomase a una ventana y le viese allí instalado, dentro del coche, fumando, sin ninguna prisa por salir. Un toque violento de claxon le hizo cerrar la puerta, que había abierto hacia la calle. Cuando el otro coche pasó, dejó lentamente abrirse la puerta otra vez, tiró el cigarrillo fuera y, agarrándose con ambas manos al volante, hizo un movimiento brusco, violento. Inútil. Ni siquiera sintió dolores. El respaldo del asiento le sujetó dulcemente y le mantuvo preso. ¿Qué era lo que estaba sucediendo? Movió hacia abajo el retrovisor y se miró. Ninguna diferencia en la cara. Tan sólo una aflicción imprecisa que apenas se dominaba. Al volver la cara hacia la derecha, hacia la acera, vio a una niñita mirándolo, al mismo tiempo intrigada y divertida. A continuación surgió una mujer con un abrigo de invierno en las manos, que la niña se puso, sin dejar de mirar. Y las dos se alejaron, mientras la mujer arreglaba el cuello y el pelo de la niña.

Volvió a mirar el espejo y adivinó lo que debía hacer. Pero no allí. Había personas mirando, gente que le conocía. Maniobró para separarse de la acera, rápidamente, echando mano a la puerta para cerrarla, y bajó la calle lo más deprisa que podía. Tenía un designio, un objetivo muy definido que ya le tranquilizaba, y tanto que se dejó ir con una sonrisa que a poco le suavizó la aflicción.

Sólo reparó en la gasolinera cuando casi iba a pasar por delante. Tenía un letrero que decía «agotada», y el coche siguió, sin una mínima desviación, sin disminuir la velocidad. No quiso pensar en el coche. Sonrió más. Estaba saliendo de la ciudad, eran ya los suburbios, estaba cerca el sitio que buscaba. Se metió por una calle en construcción, giró a la izquierda y a la derecha, hasta un sendero desierto, entre vallas. Empezaba a llover cuando detuvo el automóvil.

Su idea era sencilla. Consistía en salir de dentro de la gabardina, sacando los brazos y el cuerpo, deslizándose fuera de ella, tal como hace la culebra cuando abandona la piel. Delante de la gente no se habría atrevido, pero allí, solo, con un desierto alrededor, lejos la ciudad que se escondía por detrás de la lluvia, nada más fácil. Se había equivocado, sin embargo. La gabardina se adhería al respaldo del asiento, de la misma manera que a la chaqueta, a la chaqueta de punto, a la camisa, a la camiseta interior, a la piel, a los músculos, a los huesos. Fue esto lo que pensó sin pensarlo cuando diez minutos después se retorcía dentro del coche gritando, llorando. Desesperado. Estaba preso en el coche. Por más que girase el cuerpo hacia fuera, hacia la abertura de la puerta por donde la lluvia entraba empujada por ráfagas súbitas y frías, por más que afirmase los pies en el saliente de la caja de cambios, no conseguía arrancarse del asiento. Con las dos manos se cogió al techo e intentó levantarse. Era como si quisiese levantar el mundo. Se echó encima del volante, gimiendo, aterrorizado. Ante sus ojos los limpiaparabrisas, que sin querer había puesto en movimiento en medio de la agitación, oscilaban con un ruido seco, de metrónomo. De lejos le llegó el pitido de una fábrica. Y a continuación, en la curva del camino, apareció un hombre pedaleando una bicicleta, cubierto con un gran pedazo de plástico negro por el cual la lluvia escurría como sobre la piel de una foca. El hombre que pedaleaba miró con curiosidad dentro del coche y siguió, quizá decepcionado o intrigado al ver a un hombre solo y no la pareja que de lejos le había parecido.

Lo que estaba pasando era absurdo. Nunca nadie se había quedado preso de esta manera en su propio coche, por su propio coche. Tenía que haber un procedimiento cualquiera para salir de ahí. A la fuerza no podía ser. ¿Tal vez en un taller? No. ¿Cómo lo explicaría? ¿Llamar a la policía? ¿Y después? Se juntaría gente, todos mirando, mientras la autoridad evidentemente tiraría de él por un brazo y pediría ayuda a los presentes, y sería inútil, porque el respaldo del asiento dulcemente lo sujetaría. E irían los periodistas, los fotógrafos y sería exhibido dentro de su coche en todos los periódicos del día siguiente, lleno de vergüenza como un animal trasquilado, en la lluvia. Tenía que buscarse otra forma. Apagó el motor y sin interrumpir el gesto se lanzó violentamente hacia fuera, como quien ataca por sorpresa. Ningún resultado. Se hirió en la frente y en la mano izquierda, y el dolor le causó un vértigo que se prolongó, mientras una súbita e irreprimible gana de orinar se expandía, liberando interminable el líquido caliente que se vertía y escurría entre las piernas al suelo del coche. Cuando sintió todo esto empezó a llorar bajito, con un gañido, miserablemente, y así estuvo hasta que un perro escuálido, llegado de la lluvia, fue a ladrarle, sin convicción, a la puerta del coche.

Embragó despacio, con los movimientos pesados de un sueño de las cavernas, y avanzó por el sendero, esforzándose en no pensar, en no dejar que la situación se le representase en el entendimiento. De un modo vago sabía que tendría que buscar a alguien que le ayudase. Pero ¿quién podría ser? No quería asustar a su mujer, pero no quedaba otro remedio. Quizá ella consiguiese descubrir la solución. Al menos no se sentiría tan desgraciadamente solo.

Volvió a entrar en la ciudad, atento a los semáforos, sin movimientos bruscos en el asiento, como si quisiese apaciguar los poderes que le sujetaban. Eran más de las dos y el día había oscurecido mucho. Vio tres gasolineras, pero el coche no reaccionó. Todas tenían el letrero de «agotada». A medida que penetraba en la ciudad, iba viendo automóviles abandonados en posiciones anormales, con los triángulos rojos colocados en la ventanilla de atrás, señal que en otras ocasiones sería de avería, pero que significaba, ahora, casi siempre, falta de gasolina. Dos veces vio grupos de hombres empujando automóviles encima de las aceras, con grandes gestos de irritación, bajo la lluvia que no había parado todavía.

Cuando finalmente llegó a la calle donde vivía, tuvo que imaginarse cómo iba a llamar a su mujer. Detuvo el coche enfrente del portal, desorientado, casi al borde de otra crisis nerviosa. Esperó que sucediese el milagro de que su mujer bajase por obra y merecimiento de su silenciosa llamada de socorro. Esperó muchos minutos, hasta que un niño curioso de la vecindad se aproximó y pudo pedirle, con el argumento de una moneda, que subiese al tercer piso y dijese a la señora que allí vivía que su marido estaba abajo esperándola, en el coche. Que acudiese deprisa, que era muy urgente. El niño subió y bajó, dijo que la señora ya venía y se apartó corriendo, habiendo hecho el día.

La mujer bajó como siempre andaba en casa, ni siquiera se había acordado de coger un paraguas, y ahora estaba en el umbral, indecisa, desviando sin querer los ojos hacia una rata muerta en el bordillo de la acera, hacia la rata blanda, con el pelo erizado, dudando en cruzar la acera bajo la lluvia, un poco irritada contra el marido que la había hecho bajar sin motivo, cuando podía muy bien haber subido a decirle lo que quería. Pero el marido llamaba con gestos desde dentro del coche y ella se asustó y corrió. Puso la mano en el picaporte, precipitándose para huir de la lluvia, y cuando por fin abrió la puerta vio delante de su rostro la mano del marido abierta, empujándola sin tocarla. Porfió y quiso entrar, pero él le gritó que no, que era peligroso, y le contó lo que sucedía, mientras ella, inclinada, recibía en la espalda toda la lluvia que caía y el pelo se le desarreglaba y el horror le crispaba toda la cara. Y vio al marido, en aquel capullo caliente y empañado que lo aislaba del mundo, retorcerse entero en el asiento para salir del coche sin conseguirlo. Se atrevió a cogerlo por un brazo y tiró, incrédula, y tampoco pudo moverlo de allí. Como aquello era demasiado horrible para ser creído, se quedaron callados mirándose, hasta que ella pensó que su marido estaba loco y fingía no poder salir. Tenía que ir a llamar a alguien para que lo examinase, para llevarlo a donde se tratan las locuras. Cautelosamente, con muchas palabras, le dijo a su marido que esperase un poquito, que no tardaría, iba a buscar ayuda para que saliese, y así incluso podían comer juntos y ella llamaría a la oficina diciendo que estaba acatarrado. Y no iría a trabajar por la tarde. Que se tranquilizase, el caso no tenía importancia, que no tardaba nada.

Pero, cuando ella desapareció en la escalera, volvió a imaginarse rodeado de gente, la fotografía en los periódicos, la vergüenza de haberse orinado por las piernas abajo, y esperó todavía unos minutos. Y mientras arriba su mujer hacía llamadas telefónicas a todas partes, a la policía, al hospital, luchando para que creyesen en ella y no en su voz, dando su nombre y el de su marido, y el color del coche, y la marca, y la matrícula, él no pudo aguantar la espera y las imaginaciones, y encendió el motor. Cuando la mujer volvió a bajar, el automóvil ya había desaparecido y la rata se había escurrido del bordillo de la acera, por fin, y rodaba por la calle inclinada, arrastrada por el agua que corría de los desagües. La mujer gritó, pero las personas tardaron en aparecer y fue muy difícil de explicar.

Hasta el anochecer el hombre circuló por la ciudad, pasando ante gasolineras sin existencias, poniéndose en colas de espera sin haberlo decidido, ansioso porque el dinero se le acababa y no sabía lo que podría suceder cuando no tuviese más dinero y el automóvil parase al lado de un surtidor para recibir más gasolina. Eso no sucedió, simplemente, porque todas las gasolineras empezaron a cerrar y las colas de espera que aún se veían tan sólo aguardaban al día siguiente, y entonces lo mejor era huir para no encontrar gasolineras aún abiertas, para no tener que parar. En una avenida muy larga y ancha, casi sin otro tránsito, un coche de la policía aceleró y le adelantó y, cuando le adelantaba, un guardia le hizo señas para que se detuviese. Pero tuvo otra vez miedo y no paró. Oyó detrás de sí la sirena de la policía y vio también, llegado de no sabía dónde, un motociclista uniformado casi alcanzándolo. Pero el coche, su coche, dio un ronquido, un arranque poderoso, y salió, de un salto, hacia delante, hacia el acceso a una autopista. La policía le seguía de lejos, cada vez más lejos, y cuando la noche cerró no había señales de ellos y el automóvil rodaba por otra carretera.

Sentía hambre. Se había orinado otra vez, demasiado humillado para avergonzarse. Y deliraba un poco: humillado, himollado. Iba declinando sucesivamente, alternando las consonantes y las vocales, en un ejercicio inconsciente y obsesivo que le defendía de la realidad. No se detenía porque no sabía para qué iba a parar. Pero, de madrugada, por dos veces, aproximó el coche al bordillo e intentó salir despacito, como si mientras tanto el coche y él hubiesen llegado a un acuerdo de paces y fuese el momento de dar la prueba de buena fe de cada uno. Dos veces habló bajito cuando el asiento le sujetó, dos veces intentó convencer al automóvil para que le dejase salir por las buenas, dos veces en el descampado nocturno y helado, donde la lluvia no paraba, explotó en gritos, en aullidos, en lágrimas, en ciega desesperación. Las heridas de la cabeza y de la mano volvieron a sangrar. Y sollozando, sofocado, gimiendo como un animal aterrorizado, continuó conduciendo el coche. Dejándose conducir.

Toda la noche viajó, sin saber por dónde. Atravesó poblaciones de las que no vio el nombre, recorrió largas rectas, subió y bajó montes, hizo y deshizo lazos y desenlazos de curvas, y cuando la mañana empezó a nacer estaba en cualquier parte, en una carretera arruinada, donde el agua de la lluvia se juntaba en charcos erizados en la superficie. El motor roncaba poderosamente, arrancando las ruedas al lodo, y toda la estructura del coche vibraba, con un sonido inquietante. La mañana abrió por completo, sin que el sol llegara a mostrarse, pero la lluvia se detuvo de repente. La carretera se transformaba en un simple camino que adelante, a cada momento, parecía perderse entre piedras. ¿Dónde estaba el mundo? Ante los ojos estaba la sierra y un cielo asombrosamente bajo. Dio un grito y golpeó con los puños cerrados el volante. Fue en ese momento cuando vio que el puntero del depósito de gasolina estaba encima del cero. El motor pareció arrancarse a sí mismo y arrastró el coche veinte metros más. La carretera aparecía otra vez más allá, pero la gasolina se había acabado.

La frente se le cubrió de sudor frío. Una náusea se apoderó de él y le sacudió de la cabeza a los pies, un velo le cubrió tres veces los ojos. A tientas, abrió la puerta para liberarse de la sofocación que le llegaba y, con ese movimiento, porque fuese a morir o porque el motor se había muerto, el cuerpo colgó hacia el lado izquierdo y se escurrió del coche. Se escurrió un poco más y quedó echado sobre las piedras. La lluvia había empezado a caer de nuevo.

REFLUJO

con diez kilómetros de lado. Este cuadrado, que también en principio —guardada por idénticas razones la observación universal que abre el relato, había empezado por ser cuatro hileras de marcas de agrimensura dispuestas en el suelo, vino a convertirse más tarde, cuando las máquinas que abrían, alisaban y empedraban las cuatro carreteras apuntaron en el horizonte, venidas, como ha sido dicho, de los cuatro puntos cardinales— en un muro alto, cuatro lienzos de muro que, se vio en seguida y ya antes en las planchetas de dibujo, se sabía que delimitaban cien kilómetros cuadrados de terreno liso, o alisado, porque algunas operaciones de excavación hubo que hacer. Terreno cuya elección respondía a la primordial necesidad de equidistancia de aquel lugar con las fronteras, justicia relativa que después vino a ser afortunadamente confirmada por un elevado tenor de cal que ni los más optimistas osaban prever en sus planos cuando les fue pedida su opinión: todo esto vino a resultar a mayor gloria de la persona real, como desde la primera hora debería haber sido previsto si se hubiese prestado más atención a la historia de la dinastía: todos los reyes de la misma habían tenido siempre razón, y los otros mucho menos, conforme se mandó escribir y quedó escrito. Una obra así no podría ser hecha sin una fuerte voluntad y sin el dinero que permite tener voluntad y esperanza de satisfacerla, razón por la cual los cofres del país pagaban a toca teja las cuentas de la gigantesca empresa, para la cual, naturalmente, en su momento había sido ordenada una derrama general que alcanzó a toda la población, no según el nivel de las ganancias de cada.ciudadano sino en función, en orden inverso, de la esperanza de vida, como se explicó ser de justicia y fue comprendido por todo el mundo: cuanto más avanzada la edad, más alto el impuesto.

Muchos fueron los hechos notables en obra de tal envergadura, muchas las dificultades, no pocas las víctimas mandadas por delante después de soterradas, caídas de alturas y gritando inútilmente en el aire, o segadas de súbito por la insolación, o de repente congeladas quedándose de pie, linfa, orina y sangre de piedra fría. Todas mandadas por delante. Pero la expresión del genio, la inmortalidad provisional, quitando la que, por inherencia, estaba por más tiempo asegurada al rey, cayó en suerte y merecimiento al discreto funcionario que fue del parecer de que eran dispensables los portones que, de acuerdo con el proyecto original, deberían cerrar los muros. Tenía razón. Habría sido absurdo construir y colocar portones que deberían estar siempre abiertos, a todas las horas del día y de la noche. Gracias al atento funcionario algunos dineros llegaron a ahorrarse, los que hubieran correspondido a veinte portones, cuatro principales y dieciséis secundarios, distribuidos igualmente por los cuatro lados del cuadrado y según una disposición lógica en cada uno: el principal en el medio y dos en cada parte del muro lateral. No había por lo tanto puertas, sino aberturas donde terminaban las carreteras. Los muros no necesitaban de los portones para mantenerse de pie: eran sólidos, gruesos en la base hasta la altura de tres metros, y después adelgazando en escalera hasta la cima, a nueve metros del suelo. Excusado sería añadir que las entradas laterales eran servidas por ramales que derivaban de la carretera principal a distancia conveniente.

Excusado sería igualmente añadir que este esquema, geométricamente tan simple, estaba ligado, por medio de enlaces apropiados, a la red de ferrocarril general del país. Si todo va a dar a todas partes, todo iría a dar allí.

La construcción, cuatro muros servidos por cuatro carreteras, era un cementerio. Y este cementerio iba a ser el único del país. Así había sido decidido por la persona real. Cuando la suprema grandeza y la suprema sensibilidad se reúnen en un rey, es posible un cementerio único. Grandes son todos los reyes, por definición y nacimiento: incluso si alguno no lo quisiese ser, en vano lo querría (hasta las excepciones de otras dinastías las son entre iguales). Pero sensibles lo serán o no, y aquí no se habla de aquella común, plebeya sensibilidad que se expresa con una lágrima en un rincón de los ojos o con un temblor irreprimible de los labios, sino de otra sensibilidad que sólo esta vez, y en este grado, aconteció en la historia del país y no se ha averiguado aún si del mundo: la sensibilidad por incapacidad de soportar la muerte o la simple vista de sus aparatos, accesorios y manifestaciones, sea el dolor de los parientes o las señales mercantiles del luto. Así era este rey. Como todos los reyes, y también los presidentes, tenía que viajar, visitar sus dominios, acariciar a las criaturas que el protocolo previamente escogía para el efecto, recibir las flores que la policía secreta antes había investigado en busca de veneno o bomba, cortar algunas cintas de colores firmes y no tóxicos. Todo esto y aún más hacía el rey de buen grado. Pero en cada viaje sufría mil sufrimientos: muerte, por todas partes muerte, señales de muerte, la punta aguda de un ciprés, el faldón negro de una viuda y, no pocas veces, dolor insoportable, el inesperado cortejo fúnebre que el protocolo imperdonablemente había ignorado o que por retraso o adelanto surgía en la hora más que todas respetable en la que el rey estaba o iba pasando. Cada vez el rey, vuelto a su palacio con ansias, creía morir él mismo. Y fue por tanto padecer los dolores ajenos y por su propia aflicción, por lo que un día que estaba reposando en la terraza más alta del palacio y vio a lo lejos (porque ese día la atmósfera estaba limpia como nunca lo había estado en toda la historia no de aquella dinastía sino de toda aquella civilización) el resplandor de cuatro inconfundibles paredes blancas, tuvo la sencilla idea que vino a ser el cementerio único, central y obligatorio.

Para un pueblo que se había habituado, durante milenios, a enterrar a sus muertos prácticamente a la vista de los ojos y de las ventanas, fue una revolución terrible. Pero quien temía a las revoluciones pasó a temer el caos cuando la idea del rey, con aquel paso firme y largo que tienen las ideas, mayormente cuando son reales, llegó más lejos, llegó a lo que los maldicientes designaron como delirio: todos los cementerios del país deberían ser desescombrados de huesos y de restos, fuese cual fuese su grado de descomposición, y todo eso metido en orden en ataúdes nuevos que serían transportados y enterrados en el nuevo cementerio. A esta orden no escapaban siquiera las regias cenizas de los antepasados del soberano: un nuevo panteón sería construido, en estilo quizá inspirado en las antiguas pirámides egipcias, y allí, en su momento, cuando la vida del país volviese al antiguo y aprovechable sosiego, con todos los honores, por la carretera principal del norte siguiendo entre hileras respetuosas de habitantes, irían a dar, por fin última morada, los venerables huesos de todo cuanto había llevado corona encima de la cabeza desde aquel primero que había sabido decir y convencer a los demás de eso con la palabra y la violencia: «Quiero una corona para mi cabeza, hacedla.» Hay quien afirma que esta igualitaria decisión fue lo que más contribuyó a aquietar los ánimos de cuantos se veían despojados de su parte de muertos. Naturalmente también habrá tenido su peso aquella satisfacción tácita de todos los que, por el contrario, consideraban que son un deber aburrido las reglas y tradiciones que hacen de los muertos, por la servidumbre que exigen, seres de transición entre una ya no vida y una todavía no verdadera muerte. De repente, todo el mundo empezó a pensar que la idea del rey era la mejor que jamás había nacido de cabeza humana, que ningún pueblo podía jactarse de tener un rey así, que habiendo determinado el destino que tal rey naciese y reinase allí, al pueblo le tocaba obedecerle, con feliz corazón, y también para comodidad de los muertos, no menos merecedores. La historia de los pueblos tiene momentos de puro júbilo: este momento lo fue, este pueblo lo tuvo.

Concluido, finalmente, el cementerio, empezó la gran operación de desenterramiento. En los primeros tiempos fue fácil: los millares de cementerios existentes, entre grandes, medianos y pequeños, estaban también ellos delimitados por muros y, por así decir, en el interior de su perímetro, bastaba cavar hasta la profundidad estipulada de tres metros para mayor seguridad, y sacar todo, metros cúbicos y metros cúbicos de huesos, tablas podridas, cuerpos sueltos desmembrados por las sacudidas de las excavadoras, y después meter los despojos en ataú-des de diferentes tamaños, desde el recién nacido al adulto más corpulento, y en cada uno de ellos colocar una cantidad de huesos o carne, incluso diferentes, in-cluso dos cráneos y cuatro manos, incluso una minucia de costillas, incluso un seno aún firme y un vientre mar-chito, incluso, en fin, una simple esquirla o el diente de Buda o el omóplato del santo, o lo que de la sangre de san Genaro faltó en la ampolla milagrosa. Se estableció el principio de que cada parte de un muerto sería un muerto entero, y a esto se adhirieron los participantes en el infinito funeral que de todos los rincones del país se dirigía, minuciosamente, desde las aldeas, pueblos y ciu-dades, por caminos que se iban haciendo cada vez más anchos, hasta la red general de calzadas y desde allí, por las uniones a propósito construidas, a las carreteras que pasaron a ser llamadas de los muertos.

Al principio, como acaba de explicarse, no hubo di-ficultades. Pero después alguien discurrió, si el mérito de la idea no volvió a ser del precioso monarca del país, que antes de la enérgica disciplina de los cementerios los muertos habían sido enterrados por todas partes, en los montes y en los valles, en los atrios de las iglesias, a la sombra de los árboles, bajo el pavimento de las propias casas donde habían vivido, en cualquier sitio posible, apenas un poco más hondo de lo que discurre, por ejem-plo, la punta del arado. Y esto sin hablar de las guerras, de las grandes fosas para millares de cadáveres, en el mundo entero de Asia y Europa y demás continentes, aunque conteniendo quizá menos, pues guerras también había habido, naturalmente, en el reino de este rey y por lo tanto cuerpos enterrados a voleo. Fue, hay que confesarlo, un gran momento de perplejidad. El mismo monarca, si había sido de él la nueva idea, no la calló, porque sencillamente eso le habría sido imposible. Nuevas órdenes se expidieron y, dado que el país no podía ser revuelto de punta a punta, como habían sido revueltos los cementerios, los sabios fueron llamados ante el rey para oír de la real boca la prescripción: inventar rápidamente aparatos capaces de detectar la presencia de cuerpos o restos enterrados, tal como se habían inventado aparatos para encontrar agua o metales. La cuestión era importante, reconocieron los sabios inmediatamente reunidos en seminario. Tres días pasaron discutiendo, y después cada cual se encerró en su laboratorio. Se abrieron otra vez los cofres del Estado, y fue lanzada nueva derrama general. El problema acabó por ser resuelto, pero, como siempre en estos casos, no de una sola vez. A modo de ejemplo, baste citar el caso de aquel sabio que inventó un aparato que daba señales luminosas y sonoras cuando encontraba cuerpos, pero que tenía el defecto capital de no distinguir entre cuerpos vivos y cuerpos muertos. El resultado fue que tal aparato, lógicamente manejado por gente viva, se comportaba como un poseso, gritando y agitando punteros furiosos, dividido por todas las solicitaciones vivas y muertas que lo rodeaban y, finalmente, incapaz de dar una información segura. El país entero se rió del desastrado hombre de ciencia, pero lo honró con loor y premio cuando, meses después, encontró la solución, introduciendo en el aparato una especie de memoria o idea fija: aplicando el oído se conseguía percibir en el interior del mecanismo una voz que repetía sin pausa:

«sólo debo encontrar cuerpos muertos o restos, sólo debo encontrar cuerpos muertos, o restos, cuerpos muertos, o restos, o restos…»

Afortunadamente, como se verá, aún hubo aquí una equivocación. Apenas el aparato entró en funcionamiento, en seguida se verificó que, esta vez, no distinguía entre los cuerpos humanos y los otros no humanos, pero este nuevo defecto, razón por la que antes fue dicho que afortunadamente, mostró ser un bien: cuando el rey comprendió el peligro del que había escapado, sintió un escalofrío: de hecho toda muerte es muerte, incluso la no humana; de nada servirá quitar de delante de los ojos a los hombres muertos, si continúan por ahí los perros, los caballos y las aves. Y los demás, con excepción quizá de los insectos, que sólo son medio orgánicos (como era convicción muy firme de la ciencia del país y de la época). Entonces fue ordenada la gran investigación, el ciclópeo trabajo que duró años. No quedó ni un palmo de tierra por sondear, hasta en sitios de los que había memoria que habían estado deshabitados por el hombre desde siempre: no escaparon las más altas montañas; no escapó el fondo de los ríos, donde bajo el lodo fueron encontrados millares de ahogados; no escapó el secreto de las raíces, algunas veces enredadas en lo que quedaba de quien, por encima de sí mismo, había querido o había tenido la misma necesidad de savia que el árbol tiene. Tampoco escaparon las carreteras, que fue preciso levantar en muchos sitios y volver a construir. Finalmente, el reino se vio liberado de la muerte. El día que el rey, oficialmente, con su propia boca y voz, declaró que el país se encontraba limpio de muerte (palabras suyas), se decretó que fuese festivo y fiesta nacional. En días como ésos es costumbre que mueran siempre unas cuantas personas más de lo que es norma, por mor de desastres, agresiones, etc., pero el servicio nacional de vida (así había sido denominado) utilizaba medios modernos y rápidos: verificado el óbito, el cuerpo iba inmediatamente por el camino más corto a la gran carretera de los muertos, la cual, necesariamente, había pasado a ser considerada, a todos los efectos, tierra de nadie. Libre de los muertos, el rey entraba en la felicidad. En cuanto al pueblo, tendría que habituarse.

La primera costumbre a recuperar vendría a ser la del sosiego, aquel sosiego de la mortalidad natural que permite a las familias estar a salvo de lutos durante años consecutivos, y a veces muchos, a no ser las llamadas familias numerosas. Se puede decir, sin hipérbole, que el tiempo de los traslados fue un tiempo de luto nacional, en el sentido más riguroso de la expresión, una especie de luto que venía de debajo de la tierra. Sonreír, en aquellos dolorosos años, habría sido, para quien osase, una degradación moral: no es propio sonreír cuando un pariente, incluso alejado, incluso primo de primo, está siendo desenterrado de la tumba, entero o en pedazos, o cae desde lo alto, desde la pala de la excavadora, dentro del ataúd nuevo, tanto por cada ataúd, como quien rellena moldes de dulces o de ladrillos. Después de aquel larguísimo período durante el cual la expresión fisonómica de las personas había sido corrientemente la de un noble y sereno dolor, volvía la sonrisa, la risa, e incluso la carcajada, o la burla, o el escarnio, y antes la ironía y el humor, volvía todo esto a retomar lo que de señas de vida contiene o de escondida lucha contra la muerte.

Pero el sosiego no era sólo el de un espíritu retornado a los carriles de la costumbre, después de la gran colisión, era también el del cuerpo, porque no pueden decir las palabras lo que representó para la población viva el esfuerzo requerido y durante tanto tiempo. No fue sólo la construcción civil, la apertura de carreteras, los puentes, los túneles, los viaductos; no fue sólo la investigación científica, de la que ya ha sido dada una pálida y fragmentaria idea; fue también la industria de las maderas, desde abatir los árboles (bosques y bosques) al corte de tablones, al secado mediante procesos acelerados, al montaje de urnas y ataúdes que exigió la instalación de grandes conjuntos mecánicos para la producción en serie; fue también, como incluso ahora ha quedado apuntado, la reconversión temporal de la industria metalomecánica para satisfacer los pedidos de maquinaria y otros materiales, empezando por los clavos y por las bisagras; fueron los textiles, la pasamanería, para forros y galones; fue la industria de los mármoles y canterías, de repente destripando a su vez la tierra para responder a la exigencia de tantas losas sepulcrales, de tantas cabeceras esculpidas o simples; y pequeñas actividades casi artesanales, como la pintura de letras en negro o en oro, la del esmalte fotográfico, la de la latonería y de la vidriería, la de las flores artificiales, la de las velas y cirios, etc., etc., etc. Pero tal vez el mayor esfuerzo haya sido, y sin él ninguna parte de la obra podría haber salido adelante, el de la industria de transportes. Tampoco sabrán las palabras decir lo que fue ese esfuerzo, desde su punto de origen, la industria de camiones y otros vehículos pesados, forzada a su vez a reconvertirse, a modificar planes de producción, a organizar nuevas cadenas de montaje, hasta la entrega de los ataúdes en el cementerio nuevo: inténtese imaginar la complejidad de la planificación de horarios integrados, los tiempos de desplazamiento y convergencia, la sucesiva entrada de los caudales de tránsito en flujos progresivamente más sobrecargados, todo esto armonizándose con la circulación normal de los vivos, tanto en los días hábiles como en los días festivos, tanto para la distracción como por obligación, y sin olvidar las infraestructuras: restaurantes y albergues a lo largo del camino para que los camioneros se alimentasen y durmiesen, parques de estacionamiento para los grandes camiones, algunas distracciones para alivio de las tensiones del espíritu y del cuerpo, líneas telefónicas, instalaciones de socorros y asistencia, oficinas de reparaciones mecánicas y eléctricas, puestos de abastecimiento de gasóleo, aceite, gasolina, neumáticos, piezas más importantes, etc. Todo esto, como resulta tan fácil de ver, animaba a su vez otras industrias en un circuito de revivificación mutua, generadora de riqueza, al punto de haberse alcanzado, en el nivel más alto de la curva de producción, el pleno empleo. Naturalmente, a ese período siguió una depresión, que además no sorprendió a nadie, pues estaba en las previsiones de los peritos de economía. El efecto negativo de esta depresión vino a ser abundantemente compensado, tal como habían previsto los psicólogos sociales, por el irreprimible deseo de reposo que, alcanzado el punto de saturación ocupacional, empezó a manifestarse en la población. Se entraba realmente en la normalidad.

En el centro geométrico del país, abierto a los cuatro vientos principales, está el cementerio. Mucho menos de la cuarta parte de sus cien kilómetros cuadrados fue ocupada por los cuerpos trasladados, y esto llevó a un grupo de matemáticos a pretender demostrar, con cifras en la mano, que el terreno utilizado para la nueva inhumación tendría que ser mucho mayor, teniendo en consideración el número probable de muertos desde el inicio del poblamiento del país, la ocupación media de espacio por cuerpo, incluso descontando a los que, siendo polvo y ceniza, ya no podían ser recuperados. El enigma, si realmente lo era, quedó para entretenimiento de las generaciones, como la cuadratura del círculo o la duplicación del cubo, pues los sabios cultores de las disciplinas ligadas a lo biológico probaron ante el rey que no había quedado en todo el país un solo cuerpo digno de ese nombre por levantar. Tras haber reflexionado profundamente, entre confianza y escepticismo, el rey promulgó un decreto que daba el desacuerdo por cerrado: fue para él argumento decisivo el alivio que pasó a sentir cuando regresó a sus viajes y visitas: si no veía la muerte era porque toda la muerte se había retirado.

La ocupación del cementerio, aunque el plano inicial obedeciese a criterios más racionales, se hizo de la periferia hacia el centro. Primero al lado de las puertas y pegado a los muros, después según una curva que empezó por aproximarse a la radial perfecta y se volvió cicloide con el tiempo, por lo demás fase también transitoria sobre cuyo futuro no compete a este relato ocuparse. Pero esta, por así decir, moldura interna, ondulando a lo largo de los muros, aislada por ellos, se reflejó, incluso durante el trabajo de traslado, casi simétricamente, en una forma de correspondencia viva del lado de fuera de los mismos. No se había previsto que esto sucediese, pero no faltó quien afirmase que sólo un tonto no lo habría adivinado.

La primera señal, como una pequeñísima espora que iría a convertirse en planta, y ésta en arbusto, en macizo, en bosque cerrado, fue, al lado de una de las puertas secundarias del muro sur, una improvisada tienda para comercio de refrescos y otras bebidas. Incluso restaurados por el camino, los transportistas estimaron encontrar allí nuevo restauro. Después otras pequeñas tiendas de ramos comerciales idénticos o afines se instalaron junto a aquélla y a las demás puertas, y quien las explotaba tuvo que construir allí necesariamente sus casas, primero toscas, caedizas, después de materiales firmes, el ladrillo, la piedra, la teja, para permanecer y durar. Vale la pena observar de paso que desde esas primeras construcciones se distinguieron, a) sutilmente, b) por las muestras de la evidencia, los tenores sociales, si así se puede decir, de los cuatro lados del cuadrado. Como todos los países, tampoco éste estaba uniformemente poblado, ni, a pesar de ser grande la real complacencia, sus habitantes eran socialmente semejantes: había ricos y había pobres, y la distribución de unos y otros obedecía a razones universales: el pobre atrae al rico hasta una distancia eficaz para el rico; a su vez, el rico atrae al pobre, lo que no significa que la eficacia (denominador constante del proceso) opere en provecho del pobre. Si, por las razones aplicadas a los vivos, el cementerio, después del traslado general, empezó a compartimentarse por dentro, también empezó a distinguirse por fuera. Casi no sería necesario explicar por qué. Siendo la región de más ricos del país la región del norte, ese lado del cementerio tomó, en su manera monumental de ocupar el espacio, una expresión social opuesta, por ejemplo, a la del lado sur, que precisamente correspondía a la región más miserable. Lo mismo pasaba, en general, en lo referente a los otros lados. Cada cual con su igual. Bien que de una manera menos definida, el lado de fuera acompañaba al lado de dentro. Por ejemplo, las floristas, que rápidamente fueron apareciendo en los cuatro lados del cuadrado, no vendían todas la misma producción: las había que exponían y vendían flores preciosas, criadas en jardines e invernaderos con gran dispendio, otras eran gente modesta que iba a coger las flores espontáneas de los campos en torno. Y quien dice flores dice todo lo demás que allí se fue instalando, como era de prever, decían ahora los funcionarios a los que se les acumulaban los requerimientos y las reclamaciones. No se debe olvidar que el cementerio tenía una administración compleja, presupuesto propio, millares de enterradores. En los primeros tiempos, los funcionarios de las diferentes categorías vivieron en el interior del cuadrado, en la parte central, muy lejos de los visitantes de las sepulturas. Pero en seguida se presentaron los problemas de jerarquía, de abastecimiento, de las escuelas para los niños, de los hospitales, de las maternidades. ¿Qué hacer? ¿Construir una ciudad dentro del cementerio? Sería volver al principio, sin contar que con el paso de los años la ciudad y el cementerio se invadirían mutuamente, penetrando las tumbas en los espacios de las calles o siendo los edificios de las mismas, circulando las calles en torno a las tumbas en busca de terreno para las casas. Sería volver a la antigua promiscuidad, agravada ahora por ocurrir las cosas dentro de un cuadrado de diez kilómetros de lado con pocas salidas al exterior. Hubo entonces que escoger entre una ciudad de vivos rodeada por una ciudad de muertos o, única alternativa, una ciudad de muertos cercada por cuatro ciudades de vivos. Cuando la elección fue formalizada y se hizo claro, aparte de lo demás, que los acompañantes de los cortejos fúnebres no siempre podían hacer inmediatamente el viaje de regreso, muchas veces largo y muy fatigoso, fuese por falta de fuerzas, fuese por no ser capaces de separarse bruscamente de sus seres queridos, las cuatro ciudades exteriores vivieron una urbanización acelerada, por eso mismo caótica. Había pensiones en todas las calles y de todas las categorías, hoteles de una, dos, tres, cuatro, cinco estrellas y lujo, burdeles en cantidad, iglesias de todas las confesiones reconocidas por la ley y algunas clandestinas, tiendas familiares y grandes almacenes, casas innumerables, edificios de oficinas, departamentos públicos, instalaciones municipales varias. Después fueron los transportes colectivos, la vigilancia policíaca, la circulación forzada, el problema del tránsito. Y un cierto grado de delincuencia. Una única ficción se conservaba: mantener a los muertos fuera de la vista de los vivos, y por lo tanto ningún edificio podía tener más de nueve metros de altura. Sin embargo, eso mismo llegó a resolverse más tarde, cuando un arquitecto imaginativo reinventó el huevo de Colón: muros de mayor altura que nueve metros para edificios de mayor altura que nueve metros.

Con el correr del tiempo, el muro del cementerio se volvió irreconocible: en vez de la lisa uniformidad inicial prolongada por cuarenta kilómetros, pasó a verse un denticulado irregular, variable también en la intensidad y en la altura, según el lado del muro. Nadie tiene ya memoria de cuándo fue considerado conveniente mandar colocar finalmente los portones del cementerio. El funcionario que había tenido la idea de ahorrar el gasto, había pasado muerto al lado de dentro y ya no podría defender su, en tiempos, buena tesis, insostenible ahora, como él mismo habría tenido la liberalidad de reconocer: habían empezado a circular historias de almas del otro mundo, de fantasmas y apariciones..., ¿qué hacer sino instalar los portones?

Cuatro grandes ciudades se interpusieron así entre el reino y el cementerio, cada una vuelta a su punto cardinal, cuatro ciudades inesperadas que habían empezado por llamarse Cementerio Norte, Cementerio Sur, Cementerio Oriente, Cementerio Occidente, pero que después fueron más benignamente bautizadas y denominadas, por orden, Uno, Dos, Tres y Cuatro, visto que habían sido vanas todas las tentativas para atribuirles nombres más poéticos o conmemorativos. Estas cuatro ciudades eran cuatro barreras, cuatro murallas vivas con las que el cementerio se rodeaba y con ellas se protegía. El cementerio representaba cien kilómetros cuadrados de casi silencio y soledad, cercados por el hormiguero exterior de los vivos, por gritos, bocinas, risas, palabras sueltas, ruidos de motores, por el interminable susurro de las células. Llegar al cementerio era ya una aventura. En el interior de las ciudades, con el paso de los años, nadie habría conseguido reconstituir el trazado rectilíneo de las antiguas carreteras. Decir por dónde habían pasado era fácil: habría bastado ponerse en la dirección del portón principal de cada lado. Pero, exceptuando algunos trozos mayores de pavimento reconocible, lo restante se perdía en la confusión de las fincas y de las calles primero improvisadas y después sobrepuestas al primer trazado. Sólo en campo abierto la carretera era aún la carretera de los muertos.

Y lo ahora inevitable aconteció, quedando apenas por saberse, en definitiva, quién empezó y cuándo. Una investigación sumaria, hecha más tarde, verificó casos en la propia periferia exterior de la Ciudad Dos, la más pobre de todas, orientada al sur, como ya ha sido dicho: cuerpos enterrados en pequeños patios familiares, debajo de flores vivas que se renovaban todas las primaveras. Por esa misma época, como aquellas grandes invenciones que en varios cerebros irrumpen simultáneamente porque llegó el momento de su maduración, en lugares poco poblados del reino, ciertas personas decidieron, por muchas, diferentes y a veces opuestas razones, enterrar sus muertos allí al lado, en el interior de grutas, al lado de senderos en los bosques o en la ladera abrigada de los montes. La fiscalización andaba por entonces mucho menos activa y abundaban los funcionarios que consentían en dejarse sobornar. El servicio general de estadística informó, de acuerdo con los registros oficiales, que estaba verificándose una acentuada baja de la mortalidad, lo cual, lógicamente, empezó a ponerse en la cuenta de la política sanitaria del gobierno, bajo la suprema autoridad del rey. Las cuatro ciudades del cementerio sintieron las consecuencias del menor flujo de muertos. Ciertos negocios sufrieron perjuicios, hubo no pocas quiebras, algunas fraudulentas, y cuando por fin se reconoció que la real política de salud, por excelente que fuese, no iba camino de conceder la inmortalidad, fue promulgado un decreto ferocísimo para reconducir a la población a la obediencia. No sirvió de mucho: tras una breve llamarada de animación, las ciudades se estancaron y decayeron. Despacio, muy despacio, el reino empezó a poblarse de nuevo de muertos. El gran cementerio central, en fin, recibía apenas cadáveres de las cuatro ciudades circundantes, cada vez más abandonadas, más silenciosas. A esto, sin embargo, el rey ya no asistió.

Era muy viejo el rey. Un día, cuando estaba en la terraza más alta del palacio, vio, incluso teniendo ya cansados los ojos, la punta aguda de un ciprés que asomaba por encima de cuatro muros blancos, pudiendo ser tal vez de un patio, y quizá lo fuese, y no de muerte la señal del árbol. Pero hay cosas que se adivinan sin dificultad, sobre todo cuando se llega a ser muy viejo. El rey reunió en su cabeza las noticias y los rumores, lo que le decían y lo que le ocultaban, y entendió que había llegado la hora de comprender. Con un guardia detrás de él, como determinaba el protocolo, bajó al parque del palacio. Arrastrando su manto real, siguió despacio por una avenida que iba a dar al corazón cerrado del bosque. Allí se echó en un claro, sobre las hojas secas, y estando echado miró al guardia que se había arrodillado y dijo antes de morir: «Aquí.»

La puerta, alta y pesada, al cerrarse, raspó el dorso de la mano derecha del funcionario y dejó un arañazo profundo, rojo, casi sin sangrar. La piel había quedado desgarrada, no por igual, levantada en algunos puntos desde luego dolorosos, porque el saliente o aspereza agresor, naturalmente, no había mantenido una presión continua y el arrastre de contacto que haría del arañazo herida abierta, con los labios separados y un correr rápido y extendido de sangre. Antes de entrar en el pequeño gabinete donde cumpliría su turno, que empezaría dentro de diez minutos y que se prolongaría durante cinco horas seguidas, el funcionario se dirigió al servicio médico (sm) para un tratamiento rápido: en sus funciones tenía que atender al público, y una lesión de tan feo aspecto no debía ser exhibida. Mientras desinfectaba la herida el enfermero, informado de las circunstancias del accidente, dijo que era el tercer caso ese día. Causado por la misma puerta.

—Supongo que van a quitarla —añadió.

Con un pincel pasó sobre el arañazo un líquido incoloro que secó rápidamente, tomando el color de la piel. Y no sólo el color, la textura opaca que no dejaba adivinar lo que había sucedido. Sólo mirando de muy cerca se podría distinguir la sobreposición. A la vista no había señal de herida.

—Mañana ya puede retirar la película. Doce horas son suficientes.

El enfermero se mostraba preocupado.

—¿Sabe lo que pasa con el sofá? —preguntó—. El grande, el de la sala de espera.

—No. Acabo de llegar, para el turno de la tarde.

—Ha sido preciso traerlo aquí. Está en la sala de al lado.

—¿Por qué?

—La razón exacta no la sabemos. El médico lo observó inmediatamente, pero no dio un diagnóstico. Ni necesitaba hacerlo. Un ciudadano usuario fue a quejarse de que el sofá calentaba demasiado. Y tenía razón. Yo mismo lo verifiqué.

—Algún defecto de fabricación.

—Sí. Probablemente. La temperatura está demasiado alta. En otras circunstancias, y fue también lo que el médico dijo, sería un caso de fiebre.

—Bien. No es novedad. Hace dos años supe de un caso igual. Un amigo mío tuvo que devolver a la fábrica un abrigo casi nuevo. Era imposible soportarlo puesto.

—¿Y qué pasó después?

—Después, nada. La fábrica le entregó otro a cambio. No volvió a haber razón de queja.

Miró el reloj: todavía diez minutos. ¿Sería posible? Estaba dispuesto a jurar que en el momento en que se había arañado faltaban precisamente los mismos diez minutos. O había fallado esta vez su hábito de consultar el reloj al entrar en el edificio.

—¿Puedo ver el sofá?

El enfermero abrió una puerta translúcida:

—Está ahí.

El sofá era grande, de cuatro cuerpos, ya con señales de uso, pero en buen estado general.

—¿Quiere probar? —preguntó el enfermero.

El funcionario se sentó.

—¿Qué le parece?

—Es muy desagradable, en verdad. ¿Vale la pena el tratamiento?

—Le estoy aplicando inyecciones cada hora. Por el momento no noto diferencia. Y es el momento de otra inyección.

Preparó la jeringuilla, aspiró en su interior el contenido de una gran ampolla y clavó rápidamente la aguja en el sofá.

—¿Y si no se pone bueno? —preguntó el funcionario.

—El médico dirá. Éste es el tratamiento específico. Cuando no resulta, caso perdido, vuelve a la fábrica.

—Bien. Voy a mi trabajo. Gracias.

En el pasillo vio otra vez la hora. Continuaban faltando diez minutos. ¿Estaría parado el reloj? Lo acercó al oído: el tic tac sonaba con nitidez, aunque un poco amortiguado, pero las manecillas no se movían. Comprendió que iba a llegar muy atrasado. Detestaba eso. Es cierto que el público no se vería perjudicado, ya que el compañero a quien tendría que sustituir no podía abandonar el gabinete mientras él no llegase. Antes de empujar la puerta, echó una nueva mirada al reloj: lo mismo.

Al oírlo entrar, el compañero se levantó, dijo algunas palabras a las personas que aguardaban detrás de la ventanilla, del lado de fuera, y la cerró. Era el reglamento. La sustitución de los funcionarios se hacía con brevedad, pero siempre a puerta cerrada.

—Viene tarde.

—Creo que sí. Disculpe.

—Pasan quince minutos de la hora. Voy a tener que comunicarlo.

—Sin duda. Mi reloj se ha parado. Ha sido por su causa. Pero lo que es extraño es que continúa funcionando.

—¿Continúa funcionando?

—¿No lo cree? Véalo.

Miraron los dos el reloj.

—Realmente es extraño.

—Mire las manecillas. No se mueven. Pero se oye el tic tac.

—Sí, se oye. No comunicaré el retraso, pero me parece que debe informar a la superioridad de lo que sucede con su reloj.

—Evidentemente.

—Ha habido bastantes casos extraños en estas últimas semanas.

—El gobierno está atento y sin duda va a tomar medidas.

Alguien golpeó en la placa lechosa de la ventanilla. Los dos funcionarios firmaron el registro de salida y entrada.

—Cuidado con la puerta principal —avisó el que se quedaba.

—¿Se ha arañado? Entonces ha sido el tercero hoy.

—¿Y se ha enterado de la fiebre del sofá?

—Todos lo saben.

—Es extraño, ¿verdad?

—Sí, aunque no sea raro. Hasta el lunes.

—Buen fin de semana.

Abrió la ventanilla. Había apenas tres personas esperando. Pidió disculpas, como determinaba el reglamento, y recibió de la primera —un hombre alto, bien vestido, de media edad— la tarjeta de identificación. La introdujo en el verificador, analizó las señales luminosas que aparecieron y devolvió la tarjeta:

—Muy bien. ¿Qué desea? Por favor, sea breve.

Eran también frases que el reglamento estipulaba. El cliente respondió sin dudar:

—Seré breve. Deseo un piano.

—Actualmente no hay muchos pedidos de ese objeto. Dígame si es indispensable.

—¿Hay dificultades excepcionales?

—Sólo las de materias primas. ¿Para cuándo lo quiere?

—Dentro de quince días.

—Casi sería más fácil darle la luna ahora mismo. Un piano exige material muy calificado, de alta calidad, o rareza, si prefiere que me exprese así.

—Ese piano es para un regalo de cumpleaños. ¿Entiende?

—Claro. Podría, sin embargo, haber venido a hacer su pedido antes.

—No me fue posible. Le recuerdo que soy un ciudadano usuario de las primeras prioridades.

Al mismo tiempo que decía estas palabras el usuario abrió la mano derecha, con la palma hacia arriba, mostrando una C verde tatuada en la piel. El funcionario miró la letra, después la pantalla que conservaba aún las señales verificadas y movió la cabeza afirmativamente:

—He tomado buena nota. Tendrá su piano dentro de quince días.

—Muchas gracias. ¿Quiere que lo pague todo o basta una señal?

—Basta una señal.

El usuario sacó la cartera del bolsillo y puso el dinero necesario encima del mostrador. Los billetes eran rectángulos de material fino y flexible, de color único pero con tonalidades diferentes, como diferentes eran también los pequeños rostros emblemáticos que los distinguían. El funcionario los contó. Cuando los reunía para guardarlos en la caja, uno de ellos se enrolló súbitamente y le apretó un dedo. El cliente dijo:

—Me pasó lo mismo hoy. La fábrica de moneda debería ser más rigurosa en la fabricación de sus billetes.

—¿Ha presentado un escrito?

—Naturalmente, como era mi deber.

—Muy bien. Los servicios de inspección podrán confrontar las dos participaciones, la suya y la mía. Aquí tiene los documentos. El día señalado diríjase al servicio de entregas. Pero como su prioridad es C, creo que el piano le será llevado a casa.

—Así ha sucedido siempre con mis pedidos. Buenas tardes.

—Buenas tardes.

Cinco horas después, el funcionario estaba otra vez ante la puerta principal. Extendió la mano derecha hacia el picaporte, calculó bien la distancia y, con un movimiento rapidísimo, abrió la puerta y pasó al otro lado, a salvo. La puerta, con un sonido apagado que parecía un suspiro, obedeció al amortiguador y se cerró muy despacio. Era casi de noche. Trabajar en el segundo turno daba algunas satisfacciones: clientela superior, suministros de calidad, y la posibilidad de quedarse en la cama más tiempo por la mañana, aunque en invierno, con los días cortos, fuese un poco deprimente salir del interior bien iluminado al crepúsculo, demasiado temprano y también demasiado tarde. Pero ahora, a pesar de que el cielo estuviese anormalmente cubierto, hacía una buena temperatura de fines de verano y era agradable el pequeño paseo.

No vivía lejos. No daba siquiera tiempo a ver la ciudad transformarse para sus horas nocturnas. Algunas centenas de metros que recorría a pie, con lluvia o con sol, porque los conductores de taxi no estaban autorizados a hacer recorridos tan cortos y ningún itinerario de autobús tenía parada en su calle. Metió las manos en los bolsillos de la chaqueta y sintió la carta que se había olvidado de echar en el buzón cuando había salido de casa hacia el servicio de requerimientos especiales (sre) donde trabajaba. Mantuvo la carta sujeta, para no olvidarse otra vez, y bajó las escaleras del pasaje subterráneo por el cual llegaría al otro lado de la avenida. Detrás iban dos mujeres conversando:

—No te imaginas cómo se quedó mi marido esta mañana. Y yo, pero él notó primero lo que había sucedido.

—No es para menos, realmente.

—Nos quedamos los dos con la boca abierta, mirándonos uno al otro.

—¿Pero durante la noche ninguno de vosotros oyó ruido?

—Nada. Ni él ni yo.

Las voces se perdieron. Las mujeres habían torcido por un túnel que seguía en otra dirección. El funcionario murmuró: «¿De qué estarían hablando?» Y eso le hizo pensar en el modo como había transcurrido su día, en su mano derecha que sujetaba la carta dentro del bolsillo, en el arañazo profundo que la puerta le había hecho, en el sofá con fiebre, en el reloj que continuaba trabajando, pero con las manecillas paradas diez minutos antes de la hora de entrar a trabajar. Y el billete que se le había enrollado en el dedo. Siempre había habido incidentes de ese género, no muy graves, apenas incómodos, aunque en ciertos períodos con aburrida frecuencia. A pesar de los esfuerzos del gobierno (g) nunca había sido posible acabar con ellos y, verdaderamente, nadie esperaba que eso se consiguiese. Hubo épocas en las que el proceso de fabricación había alcanzado un grado tal de perfección que los defectos llegaron a volverse rarísimos, al punto que el gobierno (g) entendió que no era conveniente quitar a los ciudadanos usuarios (por lo menos a los de las prioridades A, B y C) el gusto cívico y el placer de la reclamación. La propia seguridad del régimen fabril lo aconsejaba. Fueron por eso dadas a las fábricas instrucciones para disminuir las normas de exigencia. A pesar de todo, no eran esas órdenes las responsables de una auténtica epidemia de mala calidad en la fabricación que se había producido hacía dos meses. Como funcionario del servicio de requerimientos especiales (sre), estaba en buena situación para saber que el gobierno había revocado hacía más de un mes las órdenes e impuesto patrones de calidad óptima. Sin resultado. De los casos que podía recordar, este de la puerta era ciertamente el más inquietante. No se trataba de un objeto cualquiera, de un simple utensilio, incluso un mueble, como el sofá de la entrada, sino de una pieza de grandes dimensiones. El sofá tampoco era pequeño. No obstante, se trataba de un mueble de interior, mientras que la puerta era ya parte del edificio, si no la más importante de él. En efecto, es la puerta la que transforma un espacio apenas limitado en un espacio cerrado. El gobierno (g) había acabado por nombrar una comisión encargada de estudiar los acontecimientos y proponer medidas. El mejor equipo de ordenadores había sido puesto a las órdenes de ese grupo de peritos, que incluía, además de especialistas en electrónica, a las mejores autoridades en los campos de la sociología, de la psicología y de la anatomía, indispensables en estos casos. El despacho que había creado la comisión fijaba el plazo de quince días para la presentación de informes y propuestas. Aún faltaban diez días y era evidente que la situación empeoraba.

Empezó a caer una lluvia que era casi polvo de agua, imponderable, aérea. A distancia el funcionario vio el buzón en el que debería echar la carta. Pensó: «No puedo olvidarme otra vez.» Un gran camión cubierto giró en la esquina cercana, pasó a su lado. Tenía escrito en grandes letras: «Alfombras y moquetas.» Allí iba un sueño que nunca conseguiría realizar: enmoquetar su casa.

Tal vez algún día, si todo fuese bien. El camión terminó de pasar. El buzón había desaparecido. El funcionario supuso que se había desorientado, que había cambiado de dirección mientras pensaba en la moqueta, atraído por las letras. Miró en torno, sorprendido, pero también sorprendido por no sentirse asustado. Apenas una inquietud vaga, tal vez nerviosismo, como quien está ante un problema de raciocinio cuya solución se escapa por poco. No había ningún buzón ni vestigio del mismo. Se aproximó al sitio donde debería estar, donde hacía tantos años lo veía, con aquel cuerpo cilíndrico pintado de azul y su abertura rectangular, boca permanentemente abierta, muda, sólo entrada a un estómago. La tierra en la que el buzón había estado asentado estaba un poco revuelta y aún seca. Un policía se aproximó corriendo:

—¿Ha asistido a la desaparición? —preguntó.

—No. Pero ha sido por poco. Si no hubiese sido porque pasó un camión delante de mí, lo habría visto.

El policía tomaba notas en un cuaderno. Después lo cerró, empujó con el pie un pedrusco que había salido de la cavidad a la acera y dijo, con el tono de quien apenas reflexiona en voz alta:

—Si hubiese estado mirando, quién sabe si el buzón habría desaparecido.

Y se apartó, al mismo tiempo que tocaba la funda de la pistola.

El funcionario del servicio de requerimientos especiales (sre) dio la vuelta a toda la manzana, hasta donde sabía que existía otro buzón. Éste no había desaparecido. Metió rápidamente la carta, la oyó caer en la saca interior y volvió por el mismo camino. Pensó: «¿Y si este buzón también desaparece? ¿Adónde irá mi carta?» No era ésta la que le preocupaba (se trataba de un asunto sencillo, de rutina), sino el problema, por así decir, metafísico. Compró en el quiosco el periódico de la noche, que dobló y metió en el bolsillo. Ahora llovía un poco más. En el lugar del cual había desaparecido el buzón había una pequeña poza de agua. Una mujer, resguardada bajo un paraguas, iba con una carta. Sólo en el último momento reparó en la situación.

—¿Y el buzón? —preguntó.

—No está —respondió el funcionario.

La mujer, furiosa:

—No pueden hacer esto. Quitar de aquí el buzón sin avisar primero a los habitantes. Deberíamos presentar todos una reclamación.

Y dio la vuelta, afirmando, con amplios gestos, que al día siguiente se quejaría.

La finca en la que vivía el funcionario estaba cerca. Abrió la puerta con muchas precauciones, al mismo tiempo que se reprendía a sí mismo: «¿Iré a tener ahora miedo a las puertas?» Accionó el interruptor de la luz de la escalera y se dirigió al ascensor. Colgado en la puerta había un letrero: «Averiado.» Se molestó, irritado, no tanto por tener que subir a pie (vivía en un piso bajo, el segundo), sino porque en el quinto tramo de la escalera faltaban tres peldaños desde hacía una semana, lo cual le obligaba a ciertos cuidados y a algún esfuerzo. Los servicios de abastecimientos corrientes (sac) estaban funcionando mal. En otras circunstancias hubiese dicho que se trataba de incompetencia de la dirección. O quizá demasiados pedidos para atender. O falta de personal. O falta de materia prima. Pero ahora el motivo sería otro, y no quería pensar en él. Subió la escalera sin prisa, preparándose mentalmente para la pequeña acrobacia que tenía que realizar: saltar el vano correspondiente a la ausencia de los tres escalones, de abajo arriba, más difícil por lo tanto, y la fuerza de los pulsos y la extensión de la pierna. Entonces vio que no eran tres los peldaños que faltaban, sino cuatro. Se reprendió una vez más, ahora por la mala memoria, y, tras algunas tentativas fracasadas, consiguió alcanzar el escalón superior.

Vivía solo y soltero. Se hacía su propia comida, mandaba lavar fuera la ropa, le gustaba su empleo. En términos generales se consideraba un hombre satisfecho. Era difícil no serlo: el país excelentemente administrado, las funciones bien repartidas, el gobierno capaz y con gran experiencia en transformación industrial. En cuanto a esos problemas más recientes, también acabarían por ser resueltos. Como era todavía temprano para cenar, se sentó a leer el periódico, lo que hacía siempre, por lo demás, formulando inconscientemente la misma justificación inútil o, mejor, sin conciencia de la inutilidad de la misma. En la primera página había una nota oficiosa del gobierno (nog) acerca de las deficiencias verificadas en los últimos tiempos en diversos objetos, utensilios, máquinas e instalaciones. Se prometía remedio en breve para la situación, considerada no alarmante, y se refería nuevamente al trabajo de la comisión nombrada, a la que se había agregado ahora un especialista en parapsicología. No se hacía ninguna alusión a desapariciones.

Dobló el periódico cuidadosamente y lo puso sobre una mesa baja, a sus pies. Miró la hora en el reloj de pared: aún faltaban algunos minutos para el inicio de la emisión de televisión. La regularidad de su cotidianidad se había visto afectada por los acontecimientos, sobre todo por la desaparición del buzón, que le había hecho perder algún tiempo. En general tenía tiempo de leer todo el periódico, preparar una cena sencilla e instalarse frente al televisor para oír las noticias y comer. Después llevaba a la cocina el plato, el vaso y los cubiertos, y volvía al sillón confortable donde se quedaba tranquilamente, ora mirando ora dormitando, hasta el final de la emisión. Se preguntó a sí mismo qué haría hoy, y no pensó en buscar respuesta. Extendió la mano y encendió el aparato: oyó un silbido, la pantalla se fue iluminando poco a poco hasta aparecer la carta de ajuste, un complicado sistema de rayas verticales, horizontales y oblicuas, de superficies claras y oscuras. Se quedó mirando, distraídamente, como hipnotizado por la fijeza de la imagen. Encendió un cigarrillo (nunca fumaba en el trabajo, no estaba permitido) y se sentó otra vez. Le vino el recuerdo del reloj de pulsera y lo miró: continuaba parado y ya no se conseguía oír el tic tac. Soltó pausadamente la correa negra, colocó el reloj encima de la mesa, al lado del periódico, y suspiró profundamente. Un chasquido fuerte le hizo volver la cabeza rápidamente. «Algún mueble», pensó. Y en ese exacto instante, en un lapso de tiempo inferior a un segundo, la carta de ajuste desapareció y en su lugar, como un relámpago, surgió la cara de un niño, con los ojos muy abiertos. Se hundió hacia el fondo, hacia atrás, hacia la lejanía, muy lejos, hasta transformarse en un simple punto luminoso, palpitante, en el centro de la pantalla negra. Inmediatamente a continuación reapareció la carta de ajuste, ligeramente trémula, ondulante, como una imagen reflejada en el agua. El funcionario se pasó la mano por la cara, perplejo. Cogió el teléfono, marcó el servicio de informaciones de la televisión (sitv) y, cuando le atendieron, preguntó:

—Por favor. ¿Qué interferencia ha sido ésa que ha aparecido hace un minuto en la carta de ajuste?

Una voz de hombre respondió secamente:

—No ha habido ninguna interferencia.

—Disculpe, pero la he visto perfectamente.

—No tenemos ninguna información que dar.

Colgaron el teléfono. «Debo haber hecho mal. Todo esto debe estar relacionado», murmuró. Fue a sentarse frente al receptor, en el cual la carta de ajuste había vuelto a su hipnótica inmovilidad. Se oyó una sucesión de chasquidos más fuertes. No fue capaz de localizarlos. Parecían al mismo tiempo muy cerca y muy lejos, debajo de sí mismo o en cualquier parte de la finca. Se levantó otra vez y abrió la ventana: ya no llovía. No era, por lo demás, tiempo de lluvia. Debía de haber habido alguna avería en el material del servicio de adecuación meteorológica (sam): en los meses de verano no llovía nunca. Desde la ventana veía claramente el lugar donde había estado clavado el buzón. Respiró llenando los pulmones, miró el cielo ahora limpio y barrido, ya con estrellas, las más brillantes, aquellas que resistían a la iluminación del centro de la ciudad. La emisión empezaba en ese momento. Volvió a la silla. Quería oír las noticias con las que el programa empezaba siempre. Una locutora con sonrisa artificial y tensa anunció el programa de la noche e inmediatamente se oyeron los arpegios que preludiaban las noticias. Después, un locutor de cara escuálida anunció una nota oficiosa del gobierno (nog). Era más reciente que la del periódico. Decía: «El gobierno informa a todos los ciudadanos usuarios que los defectos e incongruencias de ciertos objetos, utensilios, máquinas e instalaciones (abreviados oumis), últimamente verificados en mayor número, están siendo juiciosamente estudiados por la comisión nombrada, que cuenta ahora con la colaboración de un parapsicólogo. Los ciudadanos usuarios deben rechazar los rumores, las habladurías, la manipulación. Deben mantener la serenidad, incluso en el caso de que ocurran desapariciones de los referidos oumis: objetos, utensilios, máquinas o instalaciones. Se recomienda la más rigurosa vigilancia. Ningún oumi (objeto, utensilio, máquina o instalación) debe, en lo futuro, ser mirado distraídamente. El gobierno considera indispensable sorprender cualquier oumi: objeto, utensilio, máquina o instalación, en el momento de desaparecer. El ciudadano usuario que dé informaciones completas o detenga el proceso de desaparición de oumis, será considerado benemérito y ascendido a la prioridad C, si estuviera clasificado en prioridad más baja. El gobierno cuenta con el apoyo y la confianza de todos.» Hubo más noticias, pero ninguna que interesase tanto. El resto del programa tampoco era muy atractivo, a no ser un reportaje en directo sobre la fabricación de alfombras. Despechado, como si hubiese sido personalmente ofendido, apagó el receptor: clasificado en la prioridad H (abrió la mano derecha y vio la letra verde), tendría que ahorrar durante mucho tiempo antes de conseguir el dinero suficiente para comprar la alfombra con la que soñaba hacía tantos años. Sabía muy bien cómo se fabricaban las alfombras. Consideraba incluso un insulto la presentación de reportajes como ése, llevado a hogares que no tenían nada que poner encima del suelo desnudo.

Fue a la cocina a preparar la cena. Se limitó a revolver unos huevos, que comió en el extremo de la mesa, acompañados con pan y un vaso de vino. Después lavó los pocos cacharros que había ensuciado. Evitó mojarse la mano que había sido arañada, aunque supiese que la película biológica era impermeable al agua: actuaba como otra piel regeneradora de los tejidos orgánicos y, al igual que la piel, respiraba. Un hombre gravemente quemado no moriría si fuese posible cubrirlo en seguida con el líquido biológico y sólo los dolores le impedirían hacer una vida normal hasta la curación completa. Recogió el plato y la sartén y, cuando se disponía a colocar el vaso al lado de los otros dos que tenía, notó un espacio vacío en el armario. Al principio no consiguió acordarse de lo que allí había estado antes. Se quedó con la boca abierta, con el vaso en la mano, rebuscando en la memoria, intentando entender. Era eso: la jarra grande que raramente utilizaba. Puso despacio el vaso al lado de los otros, cerró la puerta del armario. Después se acordó de las recomendaciones del gobierno (g) y volvió a abrirla. Todo estaba en su lugar, excepto la jarra. La buscó por toda la cocina, moviendo los objetos con el mayor cuidado, mirándolos fijamente, uno por uno, hasta aceptar tres evidencias: la jarra no estaba donde la había dejado, no estaba en la cocina, no estaba en ninguna parte de la casa. Luego había desaparecido.

No se asustó. Después de haber oído la nota oficiosa (no) en la televisión (tv), se sentía, como buen ciudadano usuario que se enorgullecía de ser, y funcionario, miembro de un inmenso ejército de vigilantes. Se veía en comunicación directa con el gobierno (g), responsable, tal vez futuro benemérito de la ciudad y del país, tal vez destinado a la prioridad C. Volvió a la sala con paso firme, marcialmente sonoro. Se aproximó a la ventana que había dejado abierta. Miró la calle hacia un lado y hacia otro, dominador, y decidió que aprovecharía el fin de semana trabajando en vigilancia continua por toda la ciudad. Sería una mala suerte muy grande la suya si no consiguiese informaciones útiles al gobierno (g), suficientemente útiles como para merecerle la prioridad C. Nunca había tenido ambiciones, pero ahora había llegado el momento de tenerlas con legítimo derecho. La prioridad C significaría, por lo menos, funciones de mucha mayor responsabilidad en el servicio de requerimientos (sr), significaría, quién sabe, el traslado a un sector más próximo al gobierno central (gc). Abrió la mano, vio su H, se imaginó una C en su lugar, saboreó la visión del injerto de piel nueva que le harían. Abandonó la ventana y conectó el receptor: la imagen mostraba la fase de laminación de las alfombras. Interesado ahora, se sentó confortablemente y vio el programa hasta el final. El mismo locutor leyó el último noticiero, repitió la nota oficiosa del gobierno (nog) y añadió, dejando dudas sobre la eventual relación mutua de las dos informaciones, que al día siguiente toda la periferia de la ciudad pasaría a ser vigilada por tres escuadrillas de helicópteros, estando ya asegurado, por el estado mayor de la fuerza aérea (emfa), el refuerzo de esa vigilancia con otros aparatos en caso de necesidad. El funcionario apagó el televisor y se fue a acostar. No volvió a llover durante la noche, pero se oyeron innumerables crujidos por todo el edificio. Algunos inquilinos, despiertos, se asustaron y telefonearon a la policía y a los bomberos. Les respondieron que el asunto se encontraba en examen, que la seguridad de las vidas estaba garantizada, no pudiendo decirse lo mismo, infelizmente, por el momento, de la seguridad de los bienes, pero que el problema marchaba hacia su solución. Y leían la nota oficiosa del gobierno (nog). El funcionario del sre durmió un sueño reposado.

Cuando a la mañana siguiente salió de casa, se encontró en el descansillo a algunos vecinos que conversaban. El ascensor había vuelto a funcionar. Menos mal, decían todos, porque eran ahora veinte los escalones que faltaban, contando sólo los tramos de escalera hasta la planta baja. Hacia arriba faltaban muchos más. Los vecinos estaban preocupados y pidieron informaciones al funcionario del sre. Éste opinó que la situación continuaría agravándose durante algún tiempo, pero que no tardaría en normalizarse. Después se entraría en la recuperación.

—Todos sabemos que ha habido crisis de comportamiento. Errores de fabricación, mala planificación, presión insuficiente, defectos de las materias primas. Y siempre ha sido remediado todo.

Una vecina recordó:

—Pero nunca hubo una crisis tan grave y durante tanto tiempo. ¿Adónde vamos a parar si los oumis continúan así?

Y su marido (prioridad E):

—Si el gobierno no se pone manos a la obra, se elige otro más enérgico.

El funcionario estuvo de acuerdo y se metió en el ascensor. Antes de ponerse éste en movimiento, la vecina le previno:

—Sepa que no va a encontrar la puerta de nuestra finca. Desapareció esta noche.

Cuando el funcionario salió del ascensor al vestíbulo, le causó un choque el vacío cuadrangular que se abría ante él. No había otra señal de la puerta a no ser, en las jambas, los agujeros donde antes habían estado clavados los goznes. Ningún vestigio de violencia, ningún fragmento. Pasaba gente por la calle, pero no se detenían. Al funcionario le pareció casi ofensiva esta indiferencia, pero la entendió cuando llegó a la acera: no faltaba tan sólo la puerta de su casa, faltaban otras puertas a los dos lados de la calle. Y no sólo puertas. Había tiendas con toda la fachada al aire, sin escaparates ni artículos. A una finca le faltaba por entero la fachada, como si hubiese sido cortada de arriba abajo por un cuchillo afiladísimo. Se veían los interiores, los muebles, algunas personas moviéndose al fondo, asustadas. Por una coincidencia inexplicable, todas las lámparas de los techos estaban encendidas: la finca parecía un árbol iluminado. En el primer piso se oía gritar a una mujer: «Mi ropa. ¿Dónde está mi ropa?» Y pasó desnuda por la habitación expuesta a la vista de la calle. El funcionario no pudo evitar una sonrisa, divertido, porque la mujer era gorda y mal hecha. Al iniciarse la semana, los servicios de abastecimientos comunes (sac) iban a estar sobrecargados. La situación se complicaba cada vez más. Menos mal que él pertenecía al sre. Bajó la calle, atento, según la petición del gobierno (g), a todas las cosas, tanto las fijas como las móviles, al acecho de la más pequeña señal de comportamiento sospechoso. Notó que otras personas procedían de la misma manera y esta demostración de conciencia cívica le confortó, aunque cada una de ellas fuese, por así decir, un rival para la prioridad C. «Habrá para todos», pensó.

De hecho, había mucha gente en la calle. La mañana estaba clara, llena de sol, una excelente mañana de playa o campo. O para quedarse en casa, gozando el reposo del fin de semana, si no fuese obvio que las casas perdían seguridad, no en el sentido estricto, pero sí al menos en ese otro que no debe ser olvidado en circunstancia alguna: el decoro. Aquella finca que se había quedado sin la fachada entera, cercenada, no era un espectáculo agradable de ver: todos aquellos interiores ofrecidos así a los ojos de quien transitaba por la calle, y la mujer gorda pasando, quizá inconsciente, sin un sencillo hilo de ropa encima del cuerpo y preguntando (¿a quién?) por ella. Se puso a sudar frío, al pensar cómo se sentiría vejado si la fachada de su finca también desapareciese y él tuviese que mostrarse a la vista de todos (incluso vestido) sin el resguardo opaco, comprimido, denso, que le defendía del frío y del calor y de la curiosidad de sus conciudadanos. «Tal vez», pensó, «todo esto sea resultado de la mala calidad de fabricación. Si así fuera, menos mal, el caso era de agradecer. Las circunstancias liberan a la ciudad del material deficiente y el gobierno (g) llega a saber, sin lugar a dudas, sin equívocos, lo que debe remediar y cómo, y de todo esto sacar lecciones para el futuro. La mínima contemporización es un crimen. Es necesario defender a la ciudad y a los ciudadanos usuarios». Se acercó a un quiosco para comprar el periódico. El dueño del puesto charlaba desde el interior con dos clientes:

—...y murieron todos. La radio (r) aún no ha dado la noticia, pero lo sé de buena tinta. Un cliente que estuvo aquí hace media hora, o menos, vive exactamente al lado y lo vio.

El funcionario del sre preguntó:

—¿De qué están hablando?

Y abrió la mano, con un gesto que quería parecer casual, pero que era, siempre, un medio de ejercer presión sobre los interlocutores: allí nadie parecía tener prioridad superior a la H. El dueño del quiosco repitió su historia:

—Estaba contando lo que un cliente me dijo. En la calle donde vive desapareció una finca entera, y las personas que vivían en ella fueron encontradas todas muertas, sobre la tierra. Completamente desnudas. Ni anillos tenían. Lo más extraño es que haya desaparecido la finca por completo, hasta los cimientos. Quedó sólo el hueco.

La noticia era grave. Defectos de puertas, desaparición de buzones o de jarras, en fin, se soportaba. Se admitía incluso que la fachada de una finca se volatilizase. Muertos, no. En tono oficial (los tres hombres, con gestos que igualmente significaban distracción o casualidad, habían vuelto hacia arriba las palmas de las manos: el dueño del quiosco era de prioridad L, uno de los clientes se beneficiaba de la prioridad I, el otro se las ingeniaba para no exhibir demasiado su N), expresó, compartió su cívica indignación:

—A partir de ese acontecimiento, es la guerra. La guerra sin cuartel. No creo que el gobierno (g) tolere agresiones y, mucho menos, asesinatos. El camino es el de las represalias.

El cliente I, apenas un grado inferior, osó expresar una duda mínima:

—Lo malo es que los efectos de las represalias vienen siempre a caer sobre nosotros.

—Sí, tiene razón. Pero sólo temporalmente. No lo olvide, sólo temporalmente.

El dueño del quiosco:

—Así ha sido siempre, es un hecho.

El funcionario cogió un periódico y pagó. Fue al hacer este movimiento cuando se acordó de que no se había quitado la película biológica que el enfermero había puesto en su mano derecha. No tenía importancia, podía quitarla en cualquier momento. Saludó, salió y recorrió toda la calle, hasta la avenida. Las personas que pasaban a su lado conversaban animadamente, se reunían en pequeños grupos. Algunas mostraban una cara preocupada, otras tenían el aspecto de quien había dormido mal o no dormido siquiera. Se aproximó a un grupo numeroso donde hablaba un oficial de las fuerzas militarizadas (fm):

—Debemos evitar el pánico. Ésa es la primera regla —decía—. La situación está controlada, las tres armas están atentas, no diré por precaución, que no se justificaría, la policía de seguridad industrial interna (psii) ha tomado cartas en el asunto en todos los aspectos y niveles. Se recomienda a los ciudadanos usuarios que no salgan de casa sin documentos de identificación.

Algunos de los circunstantes se llevaron las manos al bolsillo, oyeron un poco más y se apartaron con cierta precipitación: eran todos los que se habían dejado los documentos personales en casa. El funcionario entró en un café, se sentó, pidió, contra sus hábitos discretos, una bebida fuerte y, hecho todo eso, extendió el periódico encima de la mesa. Había una declaración conjunta del ministerio del interior (mi) y del ministerio de industria (mi), reuniendo y desarrollando las notas oficiosas (no) anteriores. El título principal, de lado a lado de la página, garantizaba: «La situación no ha empeorado en las últimas veinticuatro horas.» El funcionario, nerviosamente, murmuró: «¿Y por qué razón debería haber empeorado?» Hojeó el periódico: un pequeño caos; noticias de deficiencias, de mal funcionamiento, de desapariciones. De muertos no se hablaba. Una fotografía impresionó al funcionario: mostraba una calle en la que todo un lado había desaparecido, como si nunca hubiesen existido allí construcciones. Tomada, por lo que parecía, desde lo alto de otro edificio, la imagen mostraba el laberinto de los huecos, una larga franja dividida en espacios rectangulares, como un juego de niños. «¿Y los muertos?», pensó, acordándose de la conversación en el quiosco. No había referencia a muertos. ¿Estaría la prensa ocultando la gravedad de la situación? Miró alrededor, volvió los ojos hacia el techo. «¿Y si este edificio desapareciese ahora?», se preguntó de súbito a sí mismo. Sintió el sudor frío en la frente, una opresión en el estómago. «Soy demasiado imaginativo. Siempre lo he sido, lo cual me ha perjudicado.» Llamó al camarero para pagar y, mientras le daba la vuelta, le preguntó apuntando al periódico:

—¿Qué le parece eso?

Sin intentar que el movimiento pareciese natural, abrió la mano. El camarero, que, como había podido ver antes, tenía la letra R, se encogió de hombros:

—Oiga, si quiere que se lo diga, no me importa nada. Hasta me parece divertido.

El funcionario cogió la vuelta, sin una palabra, guardó el periódico. Después salió, con mucho aplomo, y buscó una cabina telefónica. Marcó el número de la policía de seguridad industrial interna (psii) y, cuando le atendieron, informó rápidamente que en la calle tal, café tal, un camarero así tenía un comportamiento sospechoso. ¿Qué comportamiento? Había dicho que no le importaba nada, que hasta le parecía divertido. Y añadió que estaba bien, que por él podía desaparecer todo. ¿Exactamente así? Exactamente así. No le fue pedida la identificación y él no la dio: seguro que informaciones de éstas, sueltas, no podrían valer una prioridad C. Pero era un buen principio. Salió de la cabina y se quedó por allí. Quince minutos después un automóvil oscuro se detuvo frente al café. Dos hombres armados salieron del coche y entraron en el establecimiento. Poco después volvieron a aparecer, llevando al camarero esposado. El funcionario suspiró, dio media vuelta y continuó su camino, silbando.

Al aire libre se sentía mejor. Estaba un poco sorprendido consigo mismo, con la naturalidad del impulso que le había hecho telefonear, con la paz de espíritu que había sentido al ver al camarero entre los policías de la psii, siendo empujado hacia el automóvil. «Servicio de la ciudad, deber de ciudadano», murmuró. «Si todos fuesen como yo, quizá esto no estuviese sucediendo. Cumplidor, de eso me enorgullezco. Es preciso ayudar al gobierno (g).» Las calles no presentaban grandes perjuicios, pero se notaba en la ciudad un general deterioramiento, como si alguien hubiese andado quitando pedacitos aquí y allá, como hacen con los bollos los niños: al principio, apenas se nota el estrago, y después se ve que el bollo pasó a no estar en condiciones de ser servido a las visitas. Pero había algunos daños serios (¿o debería decirse ausencias?). En el trozo final de la avenida, en una extensión de más de doscientos metros, todo el revestimiento del suelo había desaparecido. También debía de haber habido una fractura en la conducción subterránea del agua, si no, ¿cómo se explicaría el enorme cráter donde el lodo se revolvía a borbotones? Funcionarios del servicio de suministro de agua (ssa) abrían zanjas profundas a partir de los bordes del cráter, dejando a la vista las tuberías. Otros consultaban el mapa para saber dónde debería ser estancada el agua y desviada hacia otro ramal de la red. Había gran aglomeración de personas en el lugar. El funcionario del sre se aproximó para ver mejor y trabó conversación con uno de los espectadores:

—¿Cuándo sucedió esto?

El ceremonial de las manos le mostró que su interlocutor era de la prioridad E.

—Esta noche. Fue muy desagradable, como ve. La calle desapareció con todo lo que había en ella. Hasta mi automóvil.

—¿Su automóvil?

—Todos los automóviles. Todo. Semáforos. Buzones. Postes de alumbrado. Como lo está usted viendo. Afeitado a navaja.

—Pero el gobierno (g) no faltará con las indemnizaciones. Volverá a tener su coche.

—Seguro. Nadie lo duda. Pero ¿ha pensado que en este espacio, según los cálculos de la policía de tráfico urbano (ptu), había entre ciento ochenta y doscientos veinte automóviles? Y no sabemos si no habrá sucedido lo mismo en otras calles. ¿Le parece fácil resolver el problema?

—No, realmente no es fácil. Doscientos coches de indemnización, así, de repente, es un gasto. Se lo digo yo, que soy funcionario del sre.

El dueño del automóvil quiso saber su nombre, intercambiaron tarjetas. El agua había sido cortada, por fin, y el cráter apenas ondulaba con los últimos borbotones lodosos. El funcionario se apartó. Esta vez iba de verdad preocupado. Otros casos así y sería el caos en la ciudad.

Era la hora de comer. Estaba ahora en una parte de la ciudad que no conocía bien, por la cual raramente pasaba, pero seguramente no sería difícil encontrar un restaurante a la medida de sus posibilidades. Había pensado en volver a casa para comer, pero la situación justificaba un cambio de costumbres. Además, no le agradaba nada la idea de encerrarse entre cuatro paredes, en un edificio sin puerta de entrada y al que le faltaban escalones. Por lo menos. Otras personas (muchas) habrían pensado lo mismo. Las calles estaban abarrotadas de gente y en ciertos lugares llegaba a ser casi imposible transitar. El funcionario se contentó con un bocadillo y un refresco, todo masticado y bebido deprisa. Los restaurantes que había encontrado estaban casi desiertos, pero tuvo miedo de entrar. «Es ridículo», pensó sin tener conciencia de clasificar así su temor. «Si el gobierno (g) no toma precauciones rápidas, esto acabará mal.» Precisamente en ese instante un automóvil dotado de megafonía se detuvo en medio de la calle. Se oía amplificada la voz de la mujer que dentro del coche leía un papel: «Atención, ciudadanos usuarios. El gobierno (g) informa a todos los habitantes que va a poner en práctica medidas rigurosas de prevención y castigo. Han sido realizadas algunas detenciones y se espera que durante el día la situación se normalice por completo. En las últimas horas apenas se han verificado casos de mal funcionamiento, pero ninguna desaparición. Los ciudadanos usuarios deberán mantenerse vigilantes, su colaboración es preciosa. La defensa de la ciudad no compete sólo al gobierno (g) y a las fuerzas militares y militarizadas (fmm). La defensa de la ciudad es responsabilidad de todos. El gobierno (g) registra y agradece la colaboración dada por muchos ciudadanos, pero recuerda que los beneficios de la vigilancia, resultantes de la presencia en masa en las calles y plazas, acaban por ser perjudicados por esa misma masa. Es necesario aislar al enemigo y no proporcionarle condiciones para ocultarse. Atención, por lo tanto. Nuestra tradicional costumbre de mostrar las palmas de las manos debe convertirse, a partir de este momento, en ley y deber. Todo ciudadano pasa a tener autoridad para exigir, repetimos, para exigir ver la palma de la mano de cualquier otro ciudadano, sea cual sea la prioridad de uno y de otro. La prioridad Z puede y debe exigir que la prioridad A muestre la palma de la mano. El gobierno (g) dará el ejemplo: esta noche, en la televisión (tv), todo el gobierno (g) irá a presentar la mano derecha a la población. Que todos hagan lo mismo. La consigna de orden en la situación actual es la siguiente: ¡vigilancia y mano abierta!» Los cuatro ocupantes del automóvil fueron los primeros en ejecutar la orden. Extendieron la mano derecha detrás de los cristales cerrados y siguieron adelante, mientras la mujer volvía al principio de la lectura. Excitado, el funcionario se volvió hacia el hombre que se apartaba:

—Enseñe la mano.

Y en seguida hacia una mujer:

—Enseñe la mano.

La enseñaron y a su vez lo exigieron. En pocos segundos, los centenares de hombres y mujeres que estaban parados o pasaban por la calle exhibían febrilmente las manos los unos a los otros, las levantaban para que todo el mundo en torno pudiese testificar. Y no pasó mucho hasta que todas las manos se agitaron en el aire, ansiosas, probando su inocencia. Nació así, al mismo tiempo por toda la ciudad, la práctica más inmediata y rápida de reconocimiento e identificación: las personas no necesitaban detenerse, se cruzaban unas con las otras, con el brazo extendido, doblando la mano por la muñeca, hacia arriba, y exhibiendo la palma marcada con la letra de prioridad. Era fatigoso, pero ahorraba tiempo.

Aunque el tiempo no faltase. La ciudad se movía aún, pero muy despacio. Nadie se atrevía ya a utilizar el metropolitano: los túneles daban miedo. Además, corría el bulo de que en una de las líneas habían desaparecido los revestimientos aislantes de la corriente, motivo por el cual el primer tren que había entrado en circulación había electrocutado a todos los pasajeros que viajaban en él. Quizá no fuese verdad, o del todo verdad, pero los pormenores abundaban. En la superficie las carreras de los autobuses eran cada vez más raras. Las personas se arrastraban por las calles, extendían el brazo, continuaban, cada vez más cansadas, sin saber adónde ir y dónde parar. En este sombrío estado de espíritu sólo había ojos para las señales de ausencia, o de destrucciones causadas por esa misma ausencia. De vez en cuando se veían camiones con tropas e incluso pasó una columna de tanques, con las orugas chirriando, arrancando grandes pedazos del revestimiento de las calzadas. Por el aire iban y venían helicópteros. Las personas se interrogaban unas a las otras ansiosamente: «¿Será tan grave la situación? ¿Será la revolución? ¿Habrá guerra? Pero los enemigos, ¿dónde están los enemigos?» Y, si no lo habían hecho antes, levantaban el brazo y mostraban la mano. Era por lo demás la diversión favorita de los niños: se precipitaban sobre los adultos como fieras, hacían muecas, gritaban: «¡Enseñe la mano!» Y si los adultos, irritados, después de haber obedecido escrupulosamente, exigían a su vez ver, rehusaban, sacaban la lengua o sólo la enseñaban de lejos. No tenía importancia ni por ahí vendría ningún mal: en todas ellas había una letra marcada, igual a la de los padres.

El funcionario del sre decidió regresar a su casa. Estaba exhausto hasta los huesos. Mal alimentado, se había puesto a imaginar el pequeño festín que iría a preparar en casa. Con la imaginación creció el hambre, se puso ansioso, poco le faltaba para salivar. Sin reflexionar, apresuró el paso y poco después corría ya. De repente se sintió brutalmente agarrado, empujado contra una pared. Cuatro hombres le preguntaban a gritos por qué corría, le sacudían, le abrían la mano por la fuerza. Después tuvieron que soltarle. Y él se desquitó mandándoles a todos que abriesen las manos, inmediatamente. Todos tenían prioridad inferior a la suya.

En su casa no parecía haber modificaciones. Faltaba la puerta de entrada, faltaban los escalones, pero el ascensor funcionaba. Cuando salió al descansillo y dio con la puerta de corredera, tuvo un rápido pensamiento que lo dejó temblando de pavor retrospectivo: ¿y si durante ese tiempo el ascensor se hubiese averiado, o deshecho en nada, y él de repente cayese, como aquellos muertos de los que había hablado el hombre del quiosco? Resolvió allí mismo que, mientras la situación no fuese aclarada, no utilizaría el ascensor, pero en seguida recordó que faltaban escalones, que bajar o subir por la escalera, ahora, era probablemente imposible. Dudaba en medio de ese dilema, con una atención enfermizamente exagerada, mientras recorría el descansillo, en dirección a su puerta, y fue en el silencio, con un pie firme y el otro suspendido, cuando notó el silencio de la finca, apenas cortado por pequeños y súbitos crujidos indefinibles. ¿Habría salido todo el mundo? ¿Se habrían ido todos a la calle de vigilancia, obedeciendo las órdenes del gobierno (g)? ¿O habrían huido? Apoyó despacio el pie en el suelo y aguzó el oído: la tos de alguien, en un piso más alto, le tranquilizó. Abrió la puerta con mucho cuidado y entró en su casa. Dio una vuelta por todas las habitaciones: todo en orden. Observó el interior del armario de la cocina, con la esperanza de que tal vez, por milagro, encontrase de nuevo la jarra en su lugar. No estaba. Sintió una gran angustia: esa pequeña pérdida personal hacía más grave el desastre que se había desatado sobre la ciudad, la calamidad colectiva que acababa de ver con sus propios ojos. Se acordó de que aún no hacía muchos minutos había sentido un hambre irracional. ¿Había perdido de repente el apetito? No, pero éste se había transformado en un casi dolor sordo del que nacían eructos secos, de vacío, como si las paredes del estómago se encogiesen y distendiesen alternativamente. Preparó un bocadillo que se comió de pie, en medio de la cocina, con los ojos un poco asustados, las piernas trémulas. Sentía que pisaba un suelo inestable. Se arrastró hasta la habitación, se echó incluso vestido encima de la cama y, sin darse cuenta, se durmió profundamente. El resto del bocadillo cayó al suelo, se abrió al caer, con la marca de los dientes en un extremo. La habitación resonó con tres estallidos violentos y, como si eso fuese una señal, empezó a torcerse, a agitarse, conservando sin embargo todas sus formas, sin ninguna alteración de sus partes o de la relación entre las mismas. Todo el edificio vibraba de arriba abajo. En los otros pisos hubo quien gritó.

Durante cuatro horas el funcionario durmió, sin cambiar de posición. Soñó que estaba desnudo dentro de un ascensor muy estrecho que subía por la finca arriba, rompía el techo, siempre por el aire arriba, como un cohete, y, de repente, desaparecía y él se quedaba suspendido en el espacio durante un tiempo que era simultáneamente una décima de segundo y una larguísima hora, o una eternidad, y que a continuación caía infinitamente, con los brazos y piernas abiertos, viendo desde lo alto la ciudad, o el lugar que ocupaba, porque no había casas ni calles, sino apenas un espacio vacío y desierto. Cayó violentamente en el suelo y golpeó en un lugar cualquiera con la mano derecha.

El dolor le hizo despertarse. La habitación ya estaba llena de una penumbra que parecía consistente como una niebla negra. Se sentó en la cama. Sin mirar, se frotó la mano derecha con la izquierda y tuvo un sobresalto al sentir una impresión pegajosa y tibia. Incluso antes de mirar, comprendió que era sangre. Pero ¿cómo era posible que sangrase de esa manera la pequeña herida que la puerta del sre le había hecho? Encendió la luz y miró: tenía el dorso de la mano en carne viva: toda la piel que la película regeneradora cubría había desaparecido. Medio atontado aún por el sueño y desorientado con el accidente imprevisto, se precipitó al baño, donde guardaba algunos productos de farmacia para tratamientos de urgencia. Abrió el armario y cogió un frasco. La sangre goteaba rápida sobre el suelo o en el interior de la manga de la chaqueta, según los movimientos. Parecía tratarse de una hemorragia seria. Abrió el frasco, empapó el pincel que estaba en un estuche separado y, cuando se preparaba para aplicar el líquido biológico, tuvo el presentimiento de que iba a cometer un error. ¿Y si después sucedía lo mismo? Volvió a guardar el frasco, salpicándolo todo alrededor de sangre. No había vendas en la casa. Era un material que prácticamente había dejado de ser usado, igual que las compresas y las tiritas, a partir de la comercialización del líquido biológico regenerativo. Corrió al dormitorio, abrió el cajón donde tenía las camisas y rasgó de una de ellas una larga tira. Auxiliándose con los dientes, consiguió envolver la mano y apretar con fuerza. Al cerrar el cajón, vio el resto del bocadillo. Se inclinó para cogerlo, juntó los pedazos y, sentado en la cama, comió despacio, ya sin hambre, sólo por una especie de obligación que no quería discutir.

Cuando tragaba el último bocado fue cuando notó la mancha oscura que la sombra de un mueble casi escondía. Se aproximó, intrigado, pensando confusamente que, cuando por fin pudiese comprar la moqueta, todas esas imperfecciones del suelo desaparecerían. La mancha roja se había visto sorprendida (podía jurarlo) en lo que parecía ser un movimiento interrumpido. El funcionario extendió la punta del pie y la volvió. Ya sabía lo que iba a encontrar: del otro lado era la película que le había sido untada en el dorso de la mano, y lo rojo era la sangre, la sangre que había forrado por dentro la piel allí pegada. Entonces pensó que lo más probable era que nunca pudiese llegar a comprar la moqueta. Cerró la puerta de la habitación y se dirigió a la sala de estar. Parecía sereno, sosegado, pero dentro de sí el pánico giraba, por el momento todavía despacio, como un pesado disco armado de púas extensibles que no tardarían en herirle. Encendió la televisión y, mientras el aparato se calentaba, fue hasta la ventana que había dejado abierta desde por la mañana y así había permanecido todo el día. La tarde tocaba a su fin. Había mucha gente en la calle, pero nadie hablaba, no había grupos. Las personas parecían caminar al azar, sin destino, se limitaban a extender los brazos y a mostrar la mano derecha. Visto desde arriba, en aquel silencio, el espectáculo podría dar ganas de reír: los brazos subían y bajaban, las

111

manos, blancas, con las manchas verdes de las letras, hacían un movimiento rápido y después caían, para repetirse el movimiento íntegro algunos pasos más adelante. Eran como dementes con una idea fija en la alameda de un manicomio.

El funcionario volvió al aparato de televisión (tv). Sentadas a una mesa que era el arco de un círculo había cinco personas con aspecto grave. Incluso antes de conseguir distinguir las palabras, las primeras, notó que la imagen estaba siendo constantemente interrumpida y con ella el sonido. Era el locutor que hablaba:

—...mos con nosotros especialis... logía, seguridad industrial, operacionalidad biológica, pro... vir... ad...

Durante casi media hora la pantalla del televisor relampagueó, soltó palabras entrecortadas, a veces una frase que podía estar completa sin dar, no obstante, la seguridad de que lo estuviera. El funcionario se quedó ahí, sin tener la certeza él mismo de querer saber lo que estaría siendo dicho, sino porque se había habituado a estar sentado en frente del televisor (tv), y por ahora no podía hacer otra cosa. Si alguna vez llegaba a poder. Quería ver al gobierno (g) enseñar la mano, no porque el acto tuviese importancia, remediase los males de la ciudad o fuese a probar cualquier especie de inocencia, si era de eso de lo que se trataba, sino quizá por la rareza de ver tantas prioridades A y B juntas. Entonces la imagen se fijó durante algunos segundos más, el sonido se mantuvo firme y una voz desde el televisor dijo:

—...parece que está probado que no ha habido desapariciones durante el día. El día se distingue tan sólo por deficiencias de funcionamiento, por irregularidades,

Nadie respondió. Toda la finca parecía oscilar y crujía. «¿Y si el ascensor no funciona? ¿Cómo voy a salir de aquí?» Se vio saltando a la calle desde la ventana de su segundo piso, y respiró hondo, con alivio, cuando la puerta de corredera se abrió normalmente y la luz se encendió. Receloso, apretó el botón. El ascensor dudó, como si se resistiese al impulso eléctrico que recibía, y después, despacio, con sacudidas lentas, bajó hasta la planta baja. La puerta se atascó al ser movida, apenas dejó espacio para que se introdujera y pudiese pasar el cuerpo y, a mitad del movimiento, se distendió bruscamente, encajonándolo. El disco pesado del pánico, que giraba ya rápidamente, se convirtió en vértigo. De súbito, como si renunciase o le bastase la amenaza, la puerta cedió y se dejó abrir. El funcionario corrió hasta la calle. Era noche cerrada ya, pero las farolas se mantenían apagadas. Pasaban bultos en silencio, raras eran las personas que levantaban ahora las manos. Pero en un lugar o en otro aún había quien encendía un mechero o una linterna de bolsillo para inspeccionar. El funcionario volvió a la entrada del edificio. Necesitaba salir, no aguantaba sentir la finca encima de sí, pero alguien acabaría por exigirle que enseñase la mano y la tenía vendada, sangrando. Podían creer que la venda era un disfraz, una tentativa para ocultar la palma de la mano so pretexto de una herida. Sintió un escalofrío de miedo. Pero el crujido del edificio se volvía más fuerte. Algo iba a suceder. Olvidado de la mano durante un segundo, saltó a la calle. Le dieron unas ganas casi irreprimibles de correr, pero se acordó de lo que le había sucedido por la tarde y, con la mano en ese estado (otra vez se acordó de la mano, y ahora hasta el final), comprendió hasta qué punto su situación era peligrosa. Esperó en la oscuridad un momento en el que hubiese menos figuras y menos mecheros y linternas encendiéndose y apagándose, y entonces, pegado a la pared, se apartó. Recorrió toda la calle en la que vivía sin que nadie le interpelase. Cobró valor. Levantar el brazo se había vuelto absurdo en una ciudad en la que no había alumbrado público y las personas, fatigadas de una vigilancia sin resultado, desistían, poco a poco, de exigir la verificación de la palma de las manos.

Pero el funcionario no había contado con la policía (p). Al volver una esquina que daba a una gran plaza, tropezó con una patrulla. Intentó retroceder, pero fue sorprendido su movimiento por el haz de una linterna. Le mandaron detenerse. Si intentaba huir, sería hombre muerto. Se aproximó a la patrulla.

—Enseñe la mano.

El haz luminoso de la linterna incidió sobre el paño blanco.

—¿Qué es eso?

—Me herí en el dorso de la mano y tuve que ponerme una venda.

Los tres policías le rodearon.

—¿Una venda? ¿Qué cuento es ése?

¿Cómo podría explicar que el líquido biológico le había arrancado la piel que se movía ahora en la oscuridad de su habitación? (Se movía ¿hacia dónde?)

—¿Por qué no puso líquido biológico en la herida? Si es que tiene ahí alguna herida —masculló uno de los policías.

—La tengo, sí señor, pero si quito la venda la sangre no para.

—Bien. Acabemos con esta conversación. Enseñe la mano.

—Pero…

—Enseñe la mano o le pegamos un tiro aquí mismo.

El policía más próximo, con violencia, metió los dedos por debajo de la venda y tiró brutalmente. La sangre pareció dudar y, en seguida, bajo la luz violenta de la linterna, afloró en toda la superficie desollada. El policía volvió hacia arriba la palma de la mano y la letra quedó a la vista.

—Puede seguir.

—Por favor, ayúdenme a sujetar la venda otra vez —imploró el funcionario.

Reacio, refunfuñando: «Esto no es un hospital», uno de los policías accedió. Y después:

—Sería preferible que se quedara en casa.

El funcionario, apenas reprimiendo las lágrimas de dolor y de autoconmiseración, murmuró:

—Pero mi casa…

—Pues sí —respondió el policía—. Váyase ya.

Al otro lado de la plaza había algunas luces. Dudó. ¿Seguir hacia allí, con el riesgo de encontrar en cualquier momento personas que le obligasen a mostrar la palma de la mano? Se estremeció de dolor, de miedo, de angustia. La herida ya era mayor. ¿Qué hacer? ¿Ir andando por la oscuridad, como tantos otros, a tientas, tropezando? ¿O volver a casa? Había perdido el entusiasmo de cazador cívico con el que había salido por la mañana. Apareciese lo que apareciese, si es que era posible ver algo en medio de la oscuridad, no intervendría, no llamaría a nadie para testimoniar o ayudar. Salió de la plaza por una calle larga con dos hileras de árboles que hacían más espesas las tinieblas. Por allí nadie le exigiría que mostrase la mano. Pasaba gente rápidamente, pero la rapidez no significaba que tuviesen dónde estar o supiesen adónde ir. Andar deprisa era apenas, en todos los sentidos, una fuga.

A los dos lados de la calle los edificios crujían y estallaban. Se acordaba de que al fondo, en un cruce, había un monumento con bancos todo alrededor. Iría a sentarse allí un momento, a pasar el tiempo, tal vez toda la noche: no tenía a donde ir, ¿qué haría? Nadie tenía adónde ir. Aquella calle, como todas las demás, era un caudal de gente. Se diría que la población de la ciudad había aumentado. Se estremeció al pensar en eso. Y no se sorprendió cuando verificó que el monumento había desaparecido también. Estaban ahí todavía los bancos y había algunas personas sentadas. Entonces el funcionario se acordó de su mano herida y dudó. De la oscuridad salieron otras personas que ocuparon todo el espacio vacío. No podía sentarse.

No quería sentarse. Volvió a la izquierda, hacia una calle que había sido estrecha, pero que tenía ahora largas y profundas aberturas a los lados, verdaderos fosos donde antes había habido fincas. Tuvo la impresión de que si fuese de día todos aquellos espacios aparecerían como perspectivas enfiladas unas en las otras, hacia el norte y hacia el sur, hacia el naciente y hacia el poniente, hasta los límites de la ciudad, si tal nombre aún tenía justificación. Eso le dio una idea: salir de la ciudad, ir hacia los alrededores, hacia el campo abierto, donde no había edificios que desaparecían, automóviles que se disipaban por centenares, cosas que cambiaban de lugar y después dejaban de estar allí y no estaban en ninguna parte. En el espacio que ocupaban quedaba apenas el vacío y de vez en cuando algunos muertos. Se llenó de ánimo: por lo menos huiría de la pesadilla que sería pasar una noche así, entre amenazas invisibles, andando de un lado para otro. Con la luz del día quizá por fin se encontrase el remedio a la situación. El gobierno (g) estaría sin duda estudiando el asunto. Había habido otros casos antes, aunque menos graves, y siempre se había encontrado solución. Nada de desesperaciones. El buen orden volvería a la ciudad. Una crisis, una simple crisis y nada más.

En las proximidades de la calle donde vivía había aún algunas farolas encendidas. En esta ocasión no las evitó: se sentía seguro, confiado, a quien le interceptase le explicaría sosegadamente la historia de su sufrimiento, le mostraría lo claro que era que todo eso formaba parte de la misma conspiración contra la seguridad y el bienestar de la ciudad. No fue necesario. Nadie le exigió que mostrase la palma de la mano. Las pocas calles iluminadas estaban cubiertas de gente. Difícilmente se conseguía atravesar. Y en una de ellas, subido encima de un camión, un sargento del ejército de tierra (et) leía una proclama o aviso:

—Se previene a todos los ciudadanos usuarios que, por orden del estado mayor general de las fuerzas armadas (emgfa), será bombardeado, a partir de las siete de la mañana, por los medios de artillería (a) y de aviación (a), el sector este de la ciudad, como primera medida de represalia. Los ciudadanos usuarios que viven en el sector que se bombardeará ya han sido evacuados de sus casas, encontrándose alojados en instalaciones gubernamentales debidamente vigiladas. Serán indemnizados de todas sus pérdidas materiales y de todas las incomodidades morales que esta orden inevitablemente causará. El gobierno (g) y el estado mayor general de las fuerzas armadas (emgfa) garantizan a los ciudadanos usuarios que el plan elaborado de contraataque será llevado a sus últimas consecuencias. Dadas las circunstancias, y habiéndose revelado infructífera la consigna de orden «vigilancia y mano abierta», esa consigna de orden es sustituida por esta otra: vigilar y atacar.

El funcionario suspiró de alivio. No tendría ya que enseñar la mano. Le entró un alma nueva en el pecho. Se fortaleció el renacimiento del valor que había sentido media hora antes. Y allí mismo decidió dos cosas: que pasaría por su casa para buscar los prismáticos y que con ellos iría fuera de la ciudad, hacia el lado este, a asistir al bombardeo. Se unió a las conversaciones que habían empezado apenas el sargento concluyó la lectura del aviso:

—Es una idea.

—¿Cree que dará resultado?

—Seguro, el gobierno (g) no está durmiendo. Y, como represalia, no se podría encontrar una mejor.

—Esta vez será de verdad un buen ejemplo. Es una pena que no haya sucedido antes.

—¿Qué tiene en la mano?

—El líquido biológico no actuó y aumentó la herida.

—Sé de otro caso igual.

—Yo también. Me han dicho que en los hospitales ha sido una calamidad.

—Probablemente yo fui el primer caso.

—El gobierno (g) indemnizará a todo el mundo.

—Buenas noches.

—Buenas noches.

—Buenas noches.

—Buenas noches. Mañana será mejor.

—Mañana será mejor. Buenas noches.

El funcionario se apartó contento. Su calle continuaba a oscuras, pero eso no le perturbó. La levísima, imponderable claridad que venía de las estrellas era suficiente para orientarse y, como allí no había árboles, la oscuridad no era demasiado densa. Encontró su calle diferente: faltaban algunos edificios más. Pero no el suyo. Continuaba, probablemente otros escalones habrían desaparecido. Mientras tanto, aunque el ascensor no funcionase, encontraría la manera de llegar al segundo piso. Quería los prismáticos, quería el desquite de asistir al bombardeo de un sector entero de la ciudad, el sector este, como el sargento había dicho. Pasó entre los dinteles de la puerta que había desaparecido y se encontró en el vacío. Al contrario de la finca que había visto por la mañana, quedaba de ésta apenas la fachada, como una cáscara hueca. Levantó la cabeza y vio por encima el cielo y las raras estrellas de esa noche. Sintió una furia grande. Ningún miedo, apenas una furia grande y saludable. Odio. Una rabia de matar.

Sobre la tierra había unos bultos blancos, cuerpos completamente desnudos. Se acordó de lo que había oído por la mañana en el quiosco: «Ni los anillos tenían.» Se aproximó. Tal como esperaba, conocía a todos los muertos: eran algunos vecinos de su mismo edificio. Habían preferido no salir de casa y ahora estaban muertos. Desnudos. El funcionario puso la mano sobre el pecho de una mujer: aún estaba tibio. La desaparición se había producido, probablemente, cuando él había llegado a la calle. En silencio, o tan sólo entre crujidos y estallidos, como los había oído por todas partes mientras había estado en casa. Si no se hubiese detenido a oír al sargento, si no se hubiese quedado después conversando, quizá allí hubiese un cuerpo más, el suyo. Miró de frente, hacia el espacio que el edificio había dejado, y vio moverse otro edificio más allá, disminuir de altura rápidamente, como una hoja de papel oscuro recortado, que un fuego invisible desde el cielo fuese royendo o carcomiendo. En menos de un minuto el edificio desapareció. Y como más allá había un espacio mayor, se formó una especie de corredor todo derecho en dirección este. «Incluso sin prismáticos», murmuró el funcionario, temblando de miedo y odio, «lo he de ver».

La ciudad era muy grande. Durante el resto de la noche el funcionario caminó hacia el este. No había peligro de perderse. Hacia aquel lado el cielo clareaba muy despacio. Y a las siete, ya amanecido, empezaría el bombardeo. El funcionario se sentía abrumado por la fatiga, pero feliz. Cerraba con fuerza el puño izquierdo, gozaba de antemano el castigo terrible que iba a caer sobre la cuarta parte de la estructura material de la ciudad. Sobre las cosas que allí había, sobre los oumis. Reparó en que centenas, millares de personas caminaban en la misma dirección. Todos habían tenido la misma buena idea. A las cinco ya había llegado a campo abierto. Mirando hacia atrás veía la ciudad, con su recorte irregular, algunos edificios que parecían más altos sólo porque habían desaparecido los que los flanqueaban, exactamente como un perfil de ruinas, aunque en rigor no hubiese ruinas, pero sí ausencias. Vueltas hacia la ciudad, decenas de piezas de artillería formaban un semicírculo. Aún no había aviones en el aire. Llegarían exactamente a las siete, no necesitaban llegar antes. A trescientos metros de las piezas de artillería, una fila de soldados impedía que las personas se aproximasen. El funcionario se vio metido entre la multitud. Le inundó el despecho. Se había cansado para llegar hasta allí, no tenía casa a la cual pudiese regresar cuando el bombardeo acabase y no conseguiría ver el espectáculo, tener el desquite, la venganza, el gozo. Miró en torno. Había personas encima de cajones. Una buena idea que él no había tenido. Pero, por detrás, tal vez a un kilómetro, había una línea de colinas con árboles. Lo que perdería en distancia lo ganaría en altura. Le pareció una idea a seguir.

Atravesó la multitud, cada vez más rala en aquella dirección, y todo el espacio abierto que lo separaba de las colinas. Apenas unas pocas personas se dirigían también hacia allí. Y hacia la colina que estaba frente a él, nadie. El cielo tenía un color gris, casi blanco, pero el sol aún no había nacido. El terreno subía poco a poco. Abajo la multitud era cada vez mayor. Entre la artillería y el límite de la ciudad se instalaba ahora una fila de ametralladoras pesadas. Ay de los oumis que fuesen hacia ese lado. El funcionario sonrió: el castigo sería ejemplar.

Lamentó no estar en el ejército. Le gustaría sentir en el pulso, incluso en su mano herida, qué importaba eso, el vibrar del arma causado por los disparos, el temblor de todo el cuerpo, que no sería entonces de miedo, sino de furor y alegría justiciera. La sensación física de todo eso fue tan intensa que tuvo que detenerse. Pensó en volver atrás, para estar más cerca. Pero comprendió que nunca podría estar tan cerca como desearía, que en medio de la multitud poco acabaría por ver, y continuó su camino. Se aproximaba ya a los árboles. Por allí no había nadie. Se sentó en el suelo, con la espalda vuelta hacia unos arbustos cuyas flores le rozaban los hombros. De los sectores laterales de la ciudad continuaban afluyendo ríos de gente. Nadie había querido perderse el espectáculo. ¿Cuántos ciudadanos habría allí? Centenas de millares. Tal vez la ciudad entera. El campo era sólo una mancha negra que se extendía rápidamente, que empezaba ahora a transbordar en dirección a las colinas. El funcionario temblaba de nerviosismo. Iría a ser, por fin, una gran victoria. Debía de faltar ya poco para las siete. ¿Dónde estaría su reloj? Se encogió de hombros: tendría un reloj todavía mejor, más perfecto, construido con materiales más cualificados. Vista desde allí, la ciudad era irreconocible. Pero todo sería rehecho a su tiempo. Primero el castigo.

Fue en ese instante cuando oyó voces detrás de sí. Una voz de hombre y una voz de mujer. No conseguía entender lo que decían. Quizá una pareja de enamorados a los que la proximidad del bombardeo había excitado sexualmente. Pero las voces eran tranquilas. Y, de súbito, nítidamente, el hombre dijo:

—Esperamos un poco más.

Y la mujer:

—Hasta el último momento.

El funcionario sintió que los cabellos se le erizaban. Los oumis. Miró ansioso hacia la planicie. Vio que las personas continuaban aproximándose como hormigueros negros y quiso conquistar aquella gloria, la precedencia C. Rodeó silenciosamente el macizo de arbustos, después se agachó, casi a rastras por detrás de un grupo de árboles muy juntos. Esperó un poco y finalmente se levantó, despacio, y observó. El hombre y la mujer estaban desnudos. Había visto esa noche otros cuerpos así, pero éstos estaban vivos. Rehusaba aceptar lo que tenía ante los ojos, deseaba que fuesen ya las siete, que el bombardeo empezase. Por entre las ramas veía gente de la ciudad que se aproximaba rápidamente. Tal vez estuviesen ya al alcance de la voz. Gritó:

—¡Venid! ¡Aquí hay oumis!

El hombre y la mujer se volvieron de un salto y corrieron hacia él. Nadie más le había oído y no hubo tiempo para una segunda llamada. Sintió las manos del hombre en torno al cuello, y las manos de la mujer sobre la boca, apretando. Y antes todavía tuvo tiempo de ver (como ya sabía) que las manos que lo iban a matar no tenían ninguna letra, eran lisas, sin nada más que la pureza natural de la piel.

El hombre y la mujer desnudos arrastraron el cuerpo hacia el interior del bosque. Otros hombres y otras mujeres, también desnudos, aparecieron y rodearon el cadáver. Cuando se apartaron, el cuerpo continuaba extendido en el suelo, también completamente desnudo.

Ni siquiera los anillos, si los había tenido. Ni siquiera la venda. De la herida en el dorso de la mano corrió un poco de sangre, que en seguida se estancó y empezó a secarse.

Entre el bosque y la ciudad no había ya espacio libre, toda la población había ido a asistir a la gran acción militar de represalia. A lo lejos se oía un zumbido: los aviones se aproximaban. Los relojes que aún funcionaban iban a dar las siete, o a marcarlas silenciosamente en la esfera. El oficial que comandaba la artillería sostenía el micrófono para dar la orden de fuego. Centenas de millares de personas, un millón, casi no respiraban de ansiedad. Pero ningún tiro llegó a ser disparado. En el preciso instante en el que el oficial iba a gritar: «¡Fuego!», el micrófono le huyó de las manos. Inexplicablemente los aviones hicieron una curva cerrada y volvieron atrás. Ésta fue apenas la primera señal. Un silencio absoluto se extendió sobre la planicie. Y de repente la ciudad desapareció. En su lugar, hasta perderse de vista, surgió otra multitud de mujeres y hombres, desnudos, salidos de lo que había sido la ciudad. Desaparecieron las piezas de artillería y todas las demás armas, y los militares se quedaron desnudos, rodeados por los hombres y por las mujeres que antes habían sido ropas y armas. En el centro, la inmensa mancha oscura de la población de la ciudad. Pero también ésta, en el instante sucesivo, se metamorfoseó y multiplicó. La planicie se volvió súbitamente clara cuando el sol nació.

Fue entonces cuando del bosque salieron todos los hombres y mujeres que allí se habían escondido desde que la revuelta había comenzado, desde el primer oumi desaparecido. Y uno de ellos dijo:

—Ahora es necesario reconstruirlo todo.

Y una mujer dijo:

—No teníamos otro remedio, puesto que las cosas éramos nosotros. No volverán los hombres a ser puestos en el lugar de las cosas.

CENTAURO

parte más honda del lecho, entre piedras, de trecho en trecho formando charcos donde sobrevivían ansiosos peces. Había en el aire una humedad que anunciaba lluvia, tempestad, seguramente no ese día, sino al siguiente, o pasados tres soles, o en la próxima luna. Muy lentamente el cielo aclaraba. Era hora de buscar un escondrijo, para descansar y dormir.

El caballo tenía sed. Se aproximó a la corriente de agua que estaba detenida bajo la plancha de la noche y, cuando las patas delanteras sintieron la frescura líquida, se echó en el suelo, de lado. El hombre, con el hombro apoyado en la arena áspera, bebió largamente, aunque no tuviese sed. Por encima del hombre y del caballo, la parte aún oscura del cielo rodaba despacio, arrastrando detrás de sí una luz pálida, apenas por el momento amarillenta, primero y, si no se conoce, engañador anuncio del carmín y del rojo que después explotarían por encima de la montaña, como en tantas otras montañas de tan diferentes lugares había visto ocurrir o en lo llano de las planicies. El caballo y el hombre se levantaron. Enfrente estaba la espesa barrera de los árboles, con defensas de zarzas entre los troncos. En lo alto de las ramas ya piaban los pájaros. El caballo atravesó el lecho del río con un trote inseguro y quiso entrar por la fuerza en lo enmarañado vegetal, pero el hombre prefería un paso más fácil. Con el tiempo, y había tenido mucho mucho tiempo para eso, había aprendido las maneras de moderar la impaciencia animal, algunas veces oponiéndose a ella con una violencia que explotaba y continuaba toda en su cerebro, o quizá en un punto cualquiera del cuerpo donde entrechocaban las órdenes que del mismo cerebro partían y los instintos oscuros alimentados tal vez entre los flancos, donde la piel era negra; otras veces cedía, desatento, a pensar en otras cosas, cosas que sí eran de este mundo físico en el que estaba, pero no de este tiempo. El cansancio había convertido al caballo en nervioso: la piel se estremecía como si quisiese sacudir un tábano frenético y sediento de sangre, y los movimientos de las patas se multiplicaban innecesarios y aún más fatigosos. Habría sido una imprudencia intentar abrir camino a través de lo entrelazado de las zarzas. Había demasiadas cicatrices en el pelo blanco del caballo. Una de ellas, muy antigua, trazaba en la grupa un rastro largo, oblicuo. Cuando el sol golpeaba fuerte, a plomo, o cuando, al contrario, el frío sacudía y erizaba el pelo, era como si allí, faja sensible y desprotegida, se asentase incandescente el filo de una espada. A pesar de saber muy bien que no iba a encontrar nada, a no ser una cicatriz mayor que las otras, el hombre, en esas ocasiones, torcía el tronco y miraba hacia atrás, como hacia el fin del mundo.

A corta distancia, hacia la desembocadura, la orilla del río se recogía hacia el interior del campo: había sin duda allí una albufera, o sería un afluente, igual de seco o aún más. El fondo era lodoso, tenía pocas piedras. Alrededor de esta especie de bolsa, al final simple brazo del río que se henchía y desaguaba con él, había árboles altos, negros, bajo la oscuridad que sólo lentamente se iba levantando de la tierra. Si la cortina de los troncos y de las ramas caídas fuese suficientemente densa, podría pasar allí el día, bien escondido, hasta que fuese otra vez de noche y pudiese continuar su camino. Apartó con las manos las hojas frescas e, impelido por la fuerza de los jarretes, venció el ribazo en la oscuridad casi total que las copas abundantes de los árboles defendían en aquel lugar. Inmediatamente a continuación el terreno volvía a descender hacia una zanja que, más adelante, probablemente, atravesaría el campo al descubierto. Había encontrado un buen escondrijo para descansar y dormir. Entre el río y la montaña había campos de cultivo, tierras roturadas, pero aquella zanja, profunda y estrecha, no mostraba señales de ser lugar de paso. Dio algunos pasos más, ahora en completo silencio. Los pájaros, asustados, observaban. Miró hacia arriba: vio iluminadas las puntas altas de las ramas. La luz rasante que venía de la montaña rozaba ahora la alta franja vegetal. Los pájaros habían empezado a gorjear otra vez. La luz descendía poco a poco, polvo verdoso que se convertía en rosado y blanco, neblina sutil e inestable del amanecer. Los troncos negrísimos de los árboles, contra la luz, parecían tener apenas dos dimensiones, como si hubiesen sido recortados de lo que quedaba de la noche y pegados sobre la transparencia luminosa que se sumergía en la zanja. El suelo estaba cubierto de espadañas. Un buen sitio para pasar el día durmiendo, un refugio tranquilo.

Vencido por una fatiga de siglos y milenios, el caballo se arrodilló. Encontrar posición para dormir que conviniese a ambos era siempre una operación difícil. En general el caballo se echaba de lado y el hombre reposaba también así. Pero mientras el caballo se podía quedar una noche entera en esa posición, sin moverse, el hombre, para no mortificar el hombro y todo el mismo lado del tronco, tenía que vencer la resistencia del gran cuerpo inerte y adormecido para hacerlo volverse hacia el lado opuesto: era siempre un sueño difícil. En cuanto a dormir de pie, el caballo podía, pero el hombre no. Y cuando el escondite era demasiado estrecho, el moverse se volvía imposible y la exigencia se convertía en ansiedad. No era un cuerpo cómodo. El hombre nunca podía echarse de bruces sobre la tierra, cruzar los brazos bajo la mandíbula y quedarse así viendo las hormigas o los granos de tierra, o contemplando la blancura de un tallo tierno saliendo del negro humus. Y siempre para ver el cielo había tenido que torcer el cuello, salvo cuando el caballo se empinaba en las patas traseras y el rostro del hombre, en lo alto, podía inclinarse un poco más hacia atrás: entonces sí, veía mejor la gran campana nocturna de las estrellas, el prado horizontal y tumultuoso de las nubes, o la campana azul y el sol, como único vestigio de la forja original.

El caballo se durmió en seguida. Con las patas metidas entre las espadañas, las crines de la cola extendidas por el suelo, respiraba profundamente, con un ritmo acompasado. El hombre, medio inclinado, con el hombro derecho apoyado en la pared de la zanja, arrancó algunas ramas bajas y se cubrió con ellas. Moviéndose soportaba bien el frío y el calor, aunque no tan bien como el caballo. Pero cuando estaba quieto y dormía, se enfriaba rápidamente. Ahora, por lo menos mientras el sol no calentase la atmósfera, se sentiría bien bajo el abrigo del follaje. En la posición en la que estaba podía ver que los árboles no se cerraban completamente arriba: una franja irregular, ya matinal y azul, se prolongaba hacia delante y, de vez en cuando, atravesándola de una parte a otra, o siguiéndola en la misma dirección por instantes, volaban velozmente los pájaros. Los ojos del hombre se cerraron despacio. El olor de la savia de las ramas arrancadas lo mareaba un poco. Echó por encima del rostro una rama más llena de hojas y se durmió. Nunca soñaba como sueña un hombre. Tampoco soñaba nunca como soñaría un caballo. En las horas en las que estaban despiertos, las ocasiones de paz o de simple conciliación no eran muchas. Pero el sueño de uno y el sueño del otro formaban el sueño del centauro.

Era el último superviviente de la gran y antigua especie de los hombres caballos. Había estado en la guerra contra los lapitas, su primera y de los suyos gran derrota. Con ellos, vencidos, se había refugiado en montañas de cuyo nombre ya se había olvidado. Hasta que llegó el día fatal en el que, con la parcial protección de los dioses, Heracles había diezmado a sus hermanos, y sólo él había escapado porque la demorada batalla de Heracles y Neso le había dado tiempo para refugiarse en el bosque. Se habían acabado entonces los centauros. Sin embargo, contra lo que afirmaban los historiadores y los mitólogos, uno había quedado aún, este mismo que había visto a Heracles destrozar con un abrazo terrible el tronco de Neso y después arrastrar su cadáver por el suelo, como a Héctor iría a hacer Aquiles, mientras se iba alabando a los dioses por haber vencido y exterminado la prodigiosa raza de los centauros. Quizá pensándolo de nuevo, los mismo dioses favorecieron entonces al centauro escondido, cegando los ojos y el entendimiento de Heracles por no se sabía entonces qué designios.

Todos los días, en sueños, luchaba con Heracles y lo vencía. En el centro del círculo de los dioses, cada vez y siempre reunidos a las órdenes de su sueño, luchaba brazo a brazo, hurtaba la grupa escurridiza al salto astuto que el enemigo intentaba, esquivaba la cuerda que silbaba entre sus patas y le obligaba a luchar de frente. Su rostro, los brazos y el tronco sudaban como puede sudar un hombre. El cuerpo de caballo se cubría de espuma. Este sueño se repetía hacía millares de años, y siempre en él el desenlace se repetía: pagaba en Heracles la muerte de Neso, llamaba a los brazos y a los músculos del torso toda su fuerza de hombre y de caballo: asentado en las cuatro patas como si fuesen estacas enterradas en el suelo, levantaba a Heracles en el aire y apretaba, apretaba, hasta que oía la primera costilla romperse, después otra y finalmente la espina dorsal que se partía. Heracles, muerto, se escurría sobre el suelo como un trapo y los dioses aplaudían. No había ningún premio para el vencedor. Los dioses se levantaban de sus sillas de oro y se iban, ensanchando cada vez más el círculo hasta desaparecer en el horizonte. Desde la puerta por la cual Afrodita entraba en el cielo salía siempre y brillaba una gran estrella.

Hacía miles de años que recorría la tierra. Durante mucho tiempo, mientras el mundo se conservó también él misterioso, pudo andar a la luz del sol. Cuando pasaba, las personas acudían al camino y le lanzaban flores trenzadas por encima de su lomo de caballo, o hacían con ellas coronas que él se ponía en la cabeza. Había madres que le daban los hijos para que los levantase en el aire y así perdiesen el miedo a las alturas. Y en todos los lugares había una ceremonia secreta: en medio de un círculo de árboles que representaban a los dioses, los hombres impotentes y las mujeres estériles pasaban por debajo del vientre del caballo: era creencia de todo el mundo que así florecía la fertilidad y se renovaba la virilidad. En ciertas épocas llevaban una yegua al centauro y se retiraban al interior de sus casas: pero un día alguien, que por ese sacrilegio se quedó ciego, vio que el centauro cubría a la yegua como un caballo y que después lloraba como un hombre. De esas uniones nunca hubo fruto.

Entonces llegó el tiempo del rechazo. El mundo transformado persiguió al centauro, le obligó a esconderse. Y otros seres tuvieron que hacer lo mismo: fue el caso del unicornio, de las quimeras, de los hombres lobo, de los hombres con pies de cabra, de aquellas hormigas que eran mayores que zorros, aunque más pequeñas que perros. Durante diez generaciones humanas, este pueblo diferente vivió reunido en regiones desiertas. Pero, con el pasar del tiempo, también allí la vida se volvió imposible para ellos y todos se dispersaron. Unos, como el unicornio, murieron; las quimeras se emparejaron con las musarañas y así aparecieron los murciélagos; los hombres lobo se introdujeron en las ciudades y en las aldeas y sólo en noches señaladas viven su destino; los hombres de pies de cabra se extinguieron también y las hormigas fueron perdiendo tamaño y hoy nadie es capaz de distinguirlas entre aquellas hermanas suyas que siempre fueron pequeñas. El centauro acabó por quedarse solo. Durante miles de años, hasta donde el mar lo consintió, recorrió toda la tierra posible. Pero en todos sus itinerarios pasaba de largo siempre que presentía las fronteras de su primer país. El tiempo fue pasando. Al final ya no le quedaba tierra para vivir con seguridad. Pasó a dormir durante el día y a caminar de noche. Caminar y dormir. Dormir y caminar. Sin ninguna razón que conociese, apenas porque tenía patas y sueño. No necesitaba comer. Y el sueño sólo era necesario para que pudiese soñar. Y el agua apenas porque era agua.

Millares de años tenían que ser millares de aventuras. Millares de aventuras, sin embargo, son demasiadas para valer una sola verdadera e inolvidable aventura. Por eso, todas juntas no valieron más que aquélla, ya en este último milenio, cuando en medio de un descampado árido vio a un hombre con lanza y armadura, encima de un escuálido caballo, embestir contra un ejército de molinos de viento. Vio cómo el caballero era lanzado al aire y después otro hombre bajo y gordo acudía, gritando, montado en un burro. Oyó que hablaban en una lengua que no entendía, y después los vio alejarse, el hombre delgado maltratado y el hombre gordo lamentándose, el caballo flaco cojeando y el burro indiferente. Pensó en salirles al camino para ayudarles pero, volviendo a mirar los molinos, fue hacia ellos a galope y, apostado delante del primero, decidió vengar al hombre que había sido tirado del caballo al suelo. En su lengua natal gritó: «Pues aunque mováis más brazos que los del gigante Briareo, me lo habéis de pagar». Todos los molinos quedaron con las aspas despedazadas y el centauro fue perseguido hasta la frontera de otro país. Atravesó campos desolados y llegó al mar. Después volvió atrás.

Todo el centauro duerme. Duerme todo su cuerpo. Ya el sueño vino y pasó, y ahora el caballo galopa por dentro de un día antiquísimo para que el hombre pueda ver desfilar las montañas como si por su pie anduviesen, o por veredas subir a lo alto y desde allí ver el mar sonoro y las islas esparcidas y negras, reventando la espuma en torno a ellas como si de la profundidad acabasen de nacer y de allí surgiesen deslumbradas. Esto no es un sueño. Viene de lejos un olor salino. Las narices del hombre se dilatan ávidas y los brazos se extienden hacia lo alto, mientras el caballo, excitado, golpea con los cascos en piedras que son mármol y afloran. Las hojas que cubrían la cara del hombre escurren, ya marchitas. El sol, alto, cubre al centauro de manchas de luz. No es un rostro hermoso el del hombre. Joven tampoco, porque no lo podría ser, porque sus años se cuentan por millares. Pero puede compararse con el de una estatua antigua: el tiempo lo gastó, no tanto como para apagar las facciones, lo bastante apenas para mostrarlas amenazadas. Una pequeña laguna luminosa cintila sobre la piel, se desliza muy lentamente hacia la boca, la calienta. El hombre abre los ojos de repente, como lo haría la estatua. Por medio de las hierbas se aleja serpenteando una culebra. El hombre se lleva la mano a la boca y siente el sol. En ese mismo instante la cola del caballo se agita, barre la grupa y sacude un moscardón que exploraba la piel fina de la gran cicatriz. Rápidamente el caballo se pone de pie y el hombre le acompaña. El día va mediado, otro tanto falta para que llegue la primera sombra de la noche, pero no hay más sueño. El mar, que no fue sueño, todavía resuena en los oídos del hombre, o quizá no el ruido real del mar, tal vez el golpear visto de las olas que los ojos transforman en olas sonoras que vienen sobre las aguas, suben por las gargantas rocosas hasta lo alto, hasta el sol y el cielo azul de otra vez agua.

Está cerca. La zanja por donde sigue es apenas un accidente, lleva a cualquier sitio, es obra de hombres y camino para llegar a los hombres. Sin embargo, apunta en dirección al sur y es eso lo que cuenta. Avanzará por allí hasta donde le sea posible, incluso siendo de día, incluso con el sol cubriendo toda la planicie y denunciando todo, hombre y caballo. Una vez más había vencido a Heracles en el sueño, delante de todos los dioses inmortales, pero, acabado el combate, Zeus se había retirado hacia el sur y fue después cuando desfilaron las montañas y desde el punto más alto de ellas, donde había unas columnas blancas, se veían las islas y la espuma a su alrededor. Está cerca la frontera y Zeus se alejó hacia el sur.

Caminando a lo largo de la zanja estrecha y honda, el hombre puede ver el campo a un lado y a otro. Las tierras parecen ahora abandonadas. Ya no sabe dónde quedó la población que había visto a la hora del amanecer. El gran espinazo rocoso ha crecido de altura o está tal vez más próximo. Las patas del caballo se hunden en el suelo blando que poco a poco va subiendo. Todo el tronco del hombre está ya fuera de la zanja, los árboles se vuelven más espaciados y, de súbito, cuando el campo ha quedado todo abierto, la zanja acaba. El caballo vence con un simple movimiento el último declive y el centauro aparece entero en la claridad del día. El sol está a mano derecha y golpea con fuerza en la cicatriz, que, herida, escuece. El hombre mira hacia atrás, según su costumbre. La atmósfera es sofocante y húmeda. No es por demás que el mar esté tan cerca. Esta humedad promete lluvia y este brusco soplo de viento también. Al norte se juntan nubes.

El hombre duda. Hace muchos años que no osa caminar al descubierto, sin la protección de la noche. Pero hoy se siente tan excitado como el caballo. Avanza por el terreno cubierto de matorrales del que se desprenden olores fuertes de flores silvestres. La planicie ha terminado y ahora el suelo se levanta en corcovas y limita el horizonte o lo ensancha cada vez más, porque las elevaciones ya son colinas y más allá se levanta una cortina de montañas. Empiezan a surgir arbustos y el centauro se siente más protegido. Tiene sed, mucha sed, pero allí no hay señal de agua. El hombre mira hacia atrás y ve que la mitad del cielo está ya cubierto de nubes. El sol ilumina el borde nítido de un gran nimbo ceniciento que avanza.

En ese momento es cuando se oye ladrar a un perro. El caballo se estremece de nerviosismo. El centauro se lanza a galope entre dos colinas, pero el hombre no pierde el sentido: seguir en dirección al sur. El ladrar está más cerca y se oye también un tintinear de campanillas y después una voz hablando al ganado. El centauro se detuvo para orientarse, sin embargo los ecos le engañaron y, de súbito, en un terreno bajo y húmedo inesperado, se le apareció un rebaño de cabras y al frente de éste un gran perro. El centauro se quedó inmóvil. Algunas de las cicatrices que le rayaban el cuerpo las debía a los perros. El pastor dio un grito despavorido y huyó como un loco. Llamaba a grandes gritos: debía de haber una población allí cerca. El hombre dominó al caballo y avanzó. Arrancó una rama fuerte de un arbusto para apartar al perro que se estrangulaba ladrando de furia y miedo. Pero fue la furia la que prevaleció: el perro contorneó rápidamente unas piedras e intentó coger al centauro de lado, por el vientre. El hombre quiso mirar hacia atrás, ver de dónde venía el peligro, pero el caballo se anticipó y, girando veloz sobre las patas delanteras, soltó una violenta coz que alcanzó al perro en el aire. El animal fue a golpearse contra las piedras, muerto. No era la primera vez que el centauro se defendía de esa manera, pero todas las veces el hombre se sentía humillado. En su propio cuerpo latía la resaca de la vibración general de los músculos, la ola de energía que lo inflamaba, oía el golpear sordo de los cascos, pero estaba de espaldas a la batalla, no era parte de ella, espectador cuando mucho.

El sol se había escondido. El calor desapareció súbitamente del aire y la humedad se volvió palpable. El centauro corrió entre las colinas, siempre hacia el sur. Al atravesar un pequeño regato vio terrenos cultivados y cuando procuraba orientarse tropezó con un muro. Hacia un lado había algunas casas. Fue entonces cuando se oyó un tiro. Sintió el cuerpo del caballo crisparse como bajo las picaduras de un enjambre. Había gente que gritaba y después dispararon otro tiro. A la izquierda estallaron ramas desgajadas, pero ningún trozo de plomo le alcanzó esta vez. Reculó para ganar impulso y de un envite saltó el muro. Pasó sobre él, volando, hombre y caballo, centauro, cuatro patas extendidas o dobladas, dos brazos abiertos hacia el cielo todavía azul en la lejanía. Sonaron más tiros y después fue el tropel de los hombres que lo perseguían por los campos, dando gritos, y el ladrar de los perros.

Tenía el cuerpo cubierto de espuma y de sudor. Hubo un momento en el que se detuvo para buscar el camino. El campo alrededor se volvió también expectante, como si estuviese con el oído a la escucha. Y entonces cayeron las primeras y pesadas gotas de lluvia. Pero la persecución continuaba. Los perros seguían un rastro para ellos extraño, pero de mortal enemigo: una mezcla de hombre y de caballo, unas patas asesinas. El centauro corrió, corrió más, corrió mucho, hasta que notó que los gritos se habían vuelto diferentes y el ladrar de los perros era ya de frustración. Miró hacia atrás. A una buena distancia vio a los hombres detenidos, oyó sus amenazas. Y los perros que habían avanzado volvían hacia sus amos. Pero nadie se adelantaba. El centauro había vivido tiempo suficiente como para saber que esto era una frontera, un límite. Los hombres, sujetando a los perros, no osaban dispararle: apenas hubo una detonación, pero tan lejos que no oyó siquiera caer el plomo. Estaba a salvo, bajo la lluvia que se abatía torrencialmente y abría regueros rápidos entre las piedras, sobre esa tierra en la que había nacido. Continuó caminando hacia el sur. El agua le empapaba el pelo blanco, lavaba la espuma, la sangre y el sudor y toda la suciedad acumulada. Regresaba muy viejo, cubierto de cicatrices, pero inmaculado.

De repente la lluvia cesó. Al momento siguiente el cielo quedó entero barrido de nubes y el sol cayó de lleno sobre la tierra mojada, donde, ardiendo, hizo levantar nubes de vapor. El centauro caminaba al paso, como si viajase sobre una nieve imponderable y tibia. No sabía dónde estaba el mar, pero allí era la montaña. Se sentía fuerte. Había matado la sed con agua de lluvia, levantando el rostro hacia el cielo, con la boca abierta, bebiendo a largos tragos, con el torrente deslizándole por el cuello, por el tronco abajo, lustralmente. Y ahora bajaba hacia el lado sur de la montaña, despacio, rodeando los enormes pedruscos que se amontonaban y apuntalaban unos a los otros. El hombre apoyaba las manos en las peñas más altas, sintiendo debajo de los dedos los musgos suaves, los líquenes ásperos, o la rugosidad extremada de la piedra. Abajo había, de punta a punta, un valle que a aquella distancia parecía estrecho, engañadoramente. A lo largo de él, a grandes intervalos, veía tres poblaciones, en medio la mayor, y el sur más allá de ella. Cortando el valle en línea recta tendría que pasar cerca de la población. ¿Pasaría? Se acordaba de la persecución, de los gritos, de los tiros, de los otros hombres del lado de allá de la frontera. Del incomprensible odio. Esta tierra era la suya, pero ¿quiénes eran los hombres que en ella vivían? El centauro continuaba descendiendo. El día aún estaba lejos de acabar. El caballo, exhausto, apoyaba los cascos con cuidado y el hombre pensó que le convendría descansar antes de aventurarse a la travesía del valle. Y, siempre pensando, decidió que esperaría a la noche, que antes dormiría en cualquier refugio que encontrase para ganar las fuerzas necesarias para la larga caminata que le restaba hacer hasta el mar.

Continuó descendiendo, cada vez más lentamente. Y cuando por fin se disponía a quedarse entre dos piedras, vio la entrada negra de una caverna, lo bastante alta como para que todo él pudiese entrar, hombre y caballo. Ayudándose con los brazos, asentando levemente los cascos heridos por las piedras durísimas, se introdujo en la gruta. No era muy honda, ninguna caverna se prolongaba por la montaña adentro, pero había espacio suficiente para moverse en ella a voluntad. El hombre apoyó los antebrazos en la pared rocosa y dejó caer la cabeza sobre ellos. Respiraba hondo, procurando resistir, no acompañar el jadeo ansioso del caballo. El sudor le escurría por la cara. Después el caballo dobló las patas de delante y se dejó caer en el suelo cubierto de arena. Echado, o semierguido como era costumbre, el hombre no podía ver nada del valle. La boca de la gruta se abría apenas hacia el cielo azul. En cualquier punto, allá en el fondo, goteaba agua, a largos intervalos regulares, produciendo un eco de cisterna. Una paz profunda llenaba la gruta. Extendiendo un brazo hacia atrás, el hombre pasó la mano sobre el pelo del caballo, su propia piel transformada o piel que en sí mismo se había transformado. El caballo se estremeció de satisfacción, todos sus músculos se distendieron y el sueño ocupó el gran cuerpo. El hombre dejó caer la mano, que se escurrió y fue a reposar en la arena seca.

El sol, bajando por el cielo, empezó a iluminar la gruta. El centauro no soñó con Heracles ni con los dioses sentados en círculo. Tampoco se repitió la gran visión de las montañas vueltas hacia el mar, las islas espumeantes, la infinita extensión líquida y sonora. Apenas una pared oscura, o apenas sin color, opaca, que no se puede traspasar. Mientras tanto el sol entró hasta el fondo de la caverna, hizo cintilar todos los cristales de la piedra, transformó cada gota de agua en una perla roja que se desprendía del techo, pero antes se hinchaba hasta lo inverosímil, y después caía tres metros de fuego vivo para hundirse en un pequeño pozo ya oscuro. El centauro dormía. El azul del cielo fue desmayando, se inundó el espacio de mil colores de forja, y el atardecer arrastró despacio la noche como un cuerpo cansado que a su vez iba a dormirse. La gruta, las tinieblas, se habían vuelto inmensas, y las gotas de agua caían como piedras redondas en el borde de una campana. Era ya noche oscura y la luna nació.

El hombre se despertó. Sentía la angustia de no haber soñado. Por primera vez en millares de años no había soñado. ¿Le había abandonado el sueño en la hora en que había regresado a la tierra donde había nacido? ¿Por qué? ¿Qué presagio? ¿Qué oráculo sería? El caballo, más lejos, dormía aún, pero ya inquietamente. De vez en cuando agitaba las patas traseras, como si galopase en sueños, no suyos, que no tenía cerebro, o solamente prestado, sino de la voluntad que los músculos eran. Echando mano de una piedra saliente, ayudándose con ella, el hombre levantó el tronco y, como si estuviese en estado de sonambulismo, el caballo le siguió, sin esfuerzo, con un movimiento fluido en el que parecía no haber peso. Y el centauro salió a la noche.

Toda la luz de luna del espacio se extendía sobre el valle. Tanta era que no podía ser sólo el de la simple, pequeña luna de la tierra, Selene silenciosa y fantasmal, sino la de todas las lunas levantadas en la infinita sucesión de las noches en las cuales otros soles y tierras sin esos ni otro nombre alguno ruedan y brillan. El centauro respiró hondo por las narices del hombre: el aire era suave, como si pasase por el filtro de una piel humana, y había en él el perfume de la tierra que había sido mojada y ahora se estaba secando despacio, entre el laberíntico abrazo de las raíces que sujetan al mundo. Bajó hacia el valle por un camino fácil, casi remansado, jugando armoniosamente con sus cuatro miembros de caballo, oscilando sus dos brazos de hombre, paso a paso, sin que ninguna piedra rodase, sin que una arista viva abriese otro rasguño en la piel. Y fue así como llegó al valle, como si el viaje formase parte del sueño que no había tenido mientras dormía. Delante había un río largo. Del otro lado, un poco hacia la izquierda, estaba la población mayor, aquella que estaba en el camino del sur. El centauro avanzó a descubierto, seguido por la sombra singular que no tenía par en el mundo. Trotó ligeramente por los campos cultivados, pero escogiendo los atajos para no pisar las plantas. Entre la franja de cultivo y el río había árboles dispersos y señales de ganado. El caballo, sintiendo el olor, se agitó, pero el centauro siguió hacia delante, hacia el río. Entró cautelosamente en el agua, tanteando con los cascos. La profundidad fue aumentando hasta llegar al pecho de hombre. En medio del río, bajo la luz de la luna que era otro río corriendo, quien mirase vería a un hombre atravesando el vado, con los brazos erguidos, brazos, hombros y cabeza de hombre, cabellos en vez de crines. Por el interior del agua caminaba un caballo. Los peces, despertados por la luz de la luna, nadaban en torno de él y le mordisqueaban las patas.

Todo el tronco del hombre salió del agua, después apareció el caballo y el centauro subió a la orilla. Pasó por debajo de unos árboles y en el umbral de la planicie se detuvo para orientarse. Se acordó de cómo lo habían perseguido del otro lado de la montaña, se acordó de los perros y de los tiros, de los hombres gritando, y tuvo miedo. Habría preferido ahora que la noche fuese oscura, habría preferido caminar bajo una tempestad, como la del día anterior, que hiciese recogerse a los perros y apartase a las personas hacia sus casas. El hombre pensó que toda la gente por aquellos alrededores ya debía saber de la existencia del centauro, que sin duda la noticia había pasado por encima de la frontera. Comprendió que no podía atravesar el campo en línea recta, a plena luz. Al paso, empezó a seguir la orilla del río, bajo la protección de la sombra de los árboles. Tal vez más adelante el terreno le fuese más favorable, donde el valle se estrechaba y acababa encajado entre dos altas colinas. Continuaba pensando en el mar, en las columnas blancas, cerraba los ojos y volvía a ver el rastro que Zeus había dejado al alejarse hacia el sur.

Súbitamente oyó un murmullo de agua. Se detuvo, escuchando. El rumor se repetía, disminuía, volvía. Sobre el suelo cubierto de hierba rastrera los pasos del caballo sonaban tan apagados que no se distinguían entre la múltiple y templada crepitación de la noche y de la luz de la luna. El hombre apartó las ramas y miró hacia el río. En la orilla había ropas. Alguien tomaba un baño. Empujó más las ramas. Y vio a una mujer. Salía del agua, completamente desvestida, brillaba bajo la luz de la luna, blanca. Muchas otras veces el centauro había visto mujeres, pero nunca así, en este río, con esta luna. Otras veces había visto senos oscilando, temblor de muslos al andar, el punto de oscuridad en el centro del cuerpo. Otras veces había visto cabellos cayendo sobre la espalda, y manos que los lanzaban hacia atrás, gesto tan antiguo. Pero la parte que le tocaba del mundo en el que las mujeres vivían era sólo la que satisfaría el caballo, tal vez el centauro, no el hombre. Y fue el hombre quien miró, quien vio a la mujer aproximarse a la ropa, fue él quien irrumpió entre las ramas, corrió hacia ella con su trote de caballo y después, al mismo tiempo que ella gritaba, la levantó en brazos.

También había hecho eso algunas veces, tan pocas, en millares de años. Acto inútil, apenas asustador, acto que podría haber dejado detrás de sí la locura, si eso mismo no llegó a suceder. Pero ésta era su tierra y la primera mujer que en ella veía. El centauro corrió a lo largo de los árboles y el hombre sabía que más adelante depositaría a la mujer en el suelo, frustrado él, empavorecida ella, mujer entera, hombre por la mitad. Ahora un camino largo casi tocaba los árboles y delante el río formaba una curva. La mujer ya no gritaba, apenas sollozaba y temblaba. Y fue entonces cuando se oyeron otros gritos. Al tomar la curva, el centauro fue a dar con una pequeña aglomeración de casas bajas que los árboles escondían. Había gente en el pequeño espacio de delante. El hombre apretó a la mujer contra el pecho. Sentía sus senos duros, el pubis en el lugar en el que su cuerpo de hombre se recogía y se tornaba pectoral de caballo. Algunas personas huyeron, otras se tiraron al suelo y otras entraron en las casas y salieron con escopetas. El caballo se levantó sobre las patas traseras, se encabritó hacia las alturas. La mujer, asustada, gritó una vez más. Alguien disparó un tiro al aire. El hombre comprendió que la mujer lo protegía. Entonces el centauro viró hacia campo abierto, huyendo de los árboles que podrían entorpecerle los movimientos, y, siempre con la mujer sujeta, contorneó las casas y se lanzó a galope a campo traviesa, en dirección a las dos colinas. Detrás de sí oía gritos. Quizá pensasen en perseguirlo a caballo, pero ningún caballo podía competir con un centauro, como había sido demostrado durante miles de años de fuga constante. El hombre miró hacia atrás: los perseguidores venían lejos, muy lejos. Entonces, sujetando a la mujer por debajo de los brazos, mirándola todo el cuerpo, con toda la luz de la luna desnudándola, dijo en su vieja lengua, en la lengua de los bosques, de los panales de miel, de las columnas blancas, del mar sonoro, de la risa sobre las montañas:

—No me quieras mal.

Después, despacio, la dejó en el suelo. Pero la mujer no huyó. Le salieron de la boca palabras que el hombre fue capaz de entender:

—Eres un centauro. Existes.

Le puso las dos manos sobre el pecho. Las patas del caballo temblaban. Entonces la mujer se echó y dijo:

—Cúbreme.

El hombre la veía desde arriba, abierta en cruz. Avanzó lentamente. Durante un momento la sombra del caballo cubrió a la mujer. Nada más. Entonces el centauro se apartó hacia un lado y se lanzó al galope, mientras el hombre gritaba, cerrando los puños en dirección al cielo y a la luna. Cuando los perseguidores se aproximaron finalmente a la mujer, ella no se movió. Y cuando se la llevaron, envuelta en una manta, los hombres que la transportaban la oyeron llorar.

Aquella noche todo el país supo de la existencia del centauro. Lo que primero se había creído que era una historia inventada del otro lado de la frontera con intención de burlarse, tenía ahora testigos fehacientes, entre los cuales una mujer que temblaba y lloraba. Mientras el centauro atravesaba esta otra montaña, salía gente de las aldeas y de las ciudades, con redes y cuerdas, también con armas de fuego, pero sólo para asustar. Es necesario cogerle vivo, se decía. El ejército también se puso en movimiento. Se esperaba el nacimiento del día para que los helicópteros levantasen vuelo y recorriesen toda la región. El centauro buscaba los caminos más escondidos, pero oyó muchas veces ladrar perros y llegó, incluso, bajo la luz de la luna que ya se debilitaba, a ver grupos de hombres que batían los montes. Toda la noche el centauro caminó, siempre hacia el sur. Y cuando el sol nació estaba en lo alto de una montaña desde la que vio el mar. Muy a lo lejos, mar apenas, ninguna isla, y el sonido de una brisa que olía a pinares, no el golpear de las olas, no el perfume angustioso de la sal. El mundo parecía un desierto suspendido de la palabra pobladora.

No era un desierto. Se oyó de repente un tiro. Y entonces, en un arco de círculo amplio, salieron hombres de detrás de las piedras, con grandes gritos, pero sin poder disfrazar el miedo, y avanzaron con redes y cuerdas y lazos y varas. El caballo se levantó hacia el espacio, agitó las patas de delante y se volvió, frenético, hacia los adversarios. El hombre quiso retroceder. Lucharon ambos, atrás, adelante. Y en el borde de un precipicio las patas se escurrieron, se agitaron ansiosas buscando apoyo, y los brazos del hombre, pero el gran cuerpo resbaló, cayó en el vacío. Veinte metros abajo una lámina de piedra, inclinada en el ángulo necesario, pulida durante millares de años de frío y de calor, de sol y de lluvia, de viento y nieve desbastándola, cortó, degolló el cuerpo del centauro en aquel preciso lugar en el que el tronco del hombre se convertía en tronco de caballo. La caída acabó allí. El hombre quedó echado, por fin, de espaldas, mirando el cielo. Mar que se convertía en profundo por encima de sus ojos, mar con pequeñas nubes detenidas que eran islas, vida inmortal. El hombre giró la cabeza hacia un lado y hacia el otro: otra vez mar sin fin, cielo interminable. Entonces miró su cuerpo. La sangre corría. Mitad de un hombre. Un hombre. Y vio a los dioses que se aproximaban. Era tiempo de morir.

DESQUITE

El muchacho venía del río. Descalzo, con los pantalones arremangados por encima de las rodillas, las piernas sucias de lodo. Vestía una camisa roja, abierta en el pecho, donde los primeros vellos de la pubertad empezaban a ennegrecer. Tenía el pelo oscuro, mojado por el sudor que le escurría por el cuello delgado. Se inclinaba un poco hacia delante, bajo el peso de los largos remos, de los que pendían hilos verdes de limos aún goteantes. El barco quedó balanceándose en el agua turbia y, allí cerca, como si lo espiasen, afloraron de repente los ojos globulosos de una rana. El muchacho la miró, y ella le miró. Después la rana hizo un movimiento brusco y desapareció. Un minuto más y la superficie del río quedó lisa y tranquila, y brillante como los ojos del muchacho. La respiración del limo desprendía lentas y muelles burbujas de gas que la corriente arrastraba. En el calor espeso de la tarde los chopos altos vibraban silenciosamente y, de golpe, flor rápida que naciese del aire, un ave azul pasó rasando el agua. El muchacho levantó la cabeza. Desde el otro lado del río una muchacha le miraba, inmóvil. El muchacho levantó la mano libre y todo su cuerpo dibujó el gesto de una palabra que no se oyó. El río fluía, lento.

El muchacho subió la ladera, sin mirar atrás. La hierba se acababa allí mismo. Hacia arriba, hacia allá, el sol calcinaba los terrones de los barbechos y los olivares cenicientos. Metálica, durísima, una cigarra roía el silencio. En la distancia la atmósfera temblaba.

La casa era baja, achaparrada, bruñida de cal, con una franja de ocre violento. Un lienzo de pared ciega, sin ventanas, una puerta en la que se abría un postigo. En el interior el suelo de barro refrescaba los pies. El muchacho apoyó los remos, se limpió el sudor con el antebrazo. Se quedó quieto, escuchando los golpes del corazón, el pausado brotar del sudor que se renovaba en la piel. Estuvo así unos minutos, sin conciencia de los rumores que venían de la parte de detrás de la casa y que se transformaron, de súbito, en gañidos lancinantes y gratuitos: la protesta de un cerdo atado. Cuando, por fin, empezó a moverse, el grito del animal, esta vez herido e insultado, le golpeó en los oídos. Y en seguida oyó otros gritos, agudos, rabiosos, una súplica desesperada, una llamada que no espera socorro.

Corrió hacia el patio, pero no pasó del umbral de la puerta. Dos hombres y una mujer sujetaban al cerdo. Otro hombre, con un cuchillo ensangrentado, le abría un tajo vertical en el escroto. En la paja brillaba ya un óvalo achatado, rojo. El cerdo temblaba entero, lanzaba gritos entre las quijadas que apretaba una cuerda. La herida se alargó, el testículo apareció, lechoso y rayado de sangre, los dedos del hombre se introdujeron en la abertura, tiraron, retorcieron, arrancaron. La mujer tenía el rostro pálido y crispado. Desataron al cerdo, le liberaron el hocico y uno de los hombres se agachó y cogió las dos piezas, gruesas y suaves. El animal dio una vuelta, perplejo, y se quedó con la cabeza baja, respirando con dificultad. Entonces el hombre se los tiró. El cerdo los mordió, masticó ansioso, tragó. La mujer dijo algunas palabras y los hombres se encogieron de hombros. Uno de ellos se rió. Fue en ese momento cuando vieron al muchacho en el umbral de la puerta. Se quedaron todos callados y, como si fuese la única cosa que pudiesen hacer en aquel momento, se pusieron a mirar al animal, que se había echado en la paja, suspirando, con el hocico sucio de su propia sangre.

El muchacho volvió al interior. Llenó un puchero y bebió, dejando que el agua le corriese por las comisuras de la boca, por el cuello, hasta el vello del pecho que se volvió más oscuro. Mientras bebía miraba fuera las dos manchas rojas sobre la paja. Después, con un movimiento de cansancio, volvió a salir de la casa, atravesó el olivar otra vez bajo el bochorno del sol. El polvo le quemaba los pies y él, sin darse cuenta, los encogía para huir del contacto escaldante. La misma cigarra rechinaba en tono más sordo. Después la ladera, la hierba con su olor a savia caliente, la frescura atontadora debajo de las ramas, el lodo que se insinúa entre los dedos de los pies e irrumpe por arriba.

El muchacho se quedó quieto, mirando el río. Sobre un afloramiento de limo, una rana, parda como la primera, con los ojos redondos bajo las arcadas salientes, parecía estar esperando. La piel blanca del buche palpitaba. La boca cerrada formaba un pliegue de escarnio. Pasó un tiempo y ni la rana ni el muchacho se movían. Entonces él, desviando con dificultad los ojos, como para huir de un maleficio, vio al otro lado del río, entre las ramas bajas de los salgueros, aparecer una vez más a la muchacha. Y nuevamente, silencioso e inesperado, pasó sobre el agua el relámpago azul.

El muchacho se quitó la camisa despacio. Despacio se acabó de desvestir, y sólo cuando ya no tenía ropa ninguna sobre el cuerpo, su desnudez, lentamente, se reveló. Así como si se estuviese curando una ceguera de sí misma. La muchacha miraba de lejos. Después, con los mismos gestos lentos, se liberó del vestido y de todo cuanto la cubría. Desnuda sobre el fondo verde de los árboles.

El muchacho miró una vez más el río. El silencio se asentaba sobre la líquida piel de aquel interminable cuerpo. Círculos que se alargaban y perdían en la superficie tranquila, mostraban el lugar donde por fin la rana se había sumergido. Entonces el muchacho se metió en el agua y nadó hacia la otra orilla, mientras el bulto blanco y desnudo de la muchacha se recogía hacia la penumbra de las ramas.

Índice